ROSAMUNDE PILCHER wurde 1924 in Lelant, Cornwall, geboren. Nach Tätigkeiten beim Foreign Office und, während des Krieges, beim Women's Royal Naval Service, heiratete sie 1946 Graham Pilcher und zog nach Dundee, Schottland, wo sie seitdem wohnt. Rosamunde Pilcher schreibt seit ihrem fünfzehnten Lebensjahr. Ihr Werk umfasst zahlreiche Romane, Kurzgeschichten und ein Theaterstück. Mit ihren Büchern, vor allem dem Roman «Die Muschelsucher» (rororo 13180), wurde sie zu einer der erfolgreichsten Autorinnen der letzten fünfzehn Jahre.

ROSAMUNDE PILCHER

Ein Spaziergang im Schnee

Anthologie

Rowohlt Taschenbuch Verlag

Inhalt

✻

Das Vorweihnachtsgeschenk

✸

Es war zwei Wochen vor Weihnachten. An einem düsteren, bitterkalten Morgen fuhr Ellen Party, wie sie es die letzten zweiundzwanzig Jahre an jedem Morgen getan hatte, ihren Ehemann James die kurze Strecke zum Bahnhof, gab ihm einen Abschiedskuss, sah seine Gestalt mit dem schwarzen Mantel und der Melone durch die Sperre verschwinden und fuhr dann vorsichtig auf der vereisten Straße nach Hause.

Als sie über die langsam erwachende Dorfstraße und dann durch die sanfte Landschaft kroch, flogen ihre Gedanken, die zu dieser frühen Stunde wirr und undiszipliniert waren, in ihrem Kopf herum wie Vögel in einem Käfig. Es gab um diese Jahreszeit immer ungeheuer viel zu tun. Wenn sie das Frühstücksgeschirr gespült hatte, wollte sie eine Einkaufsliste für das Wochenende zusammenstellen, vielleicht Apfelpasteten mit Rosinen backen, ein paar Weihnachtskarten in letzter Minute schreiben, ein paar Geschenke in letzter Minute kaufen, Vickys Zimmer putzen.

Nein. Sie besann sich anders. Sie wollte Vickys Zimmer nicht putzen und das Bett nicht beziehen, bevor sie nicht sicher wusste, dass Vicky Weihnachten bei ihnen sein würde. Vicky war neunzehn. Im Herbst hatte sie in London eine Stelle gefunden und eine kleine Wohnung, die sie mit zwei anderen Mädchen teilte. Die Trennung war jedoch nicht endgültig, denn am Wochenende kam Vicky meistens nach Hause, brachte manchmal eine Freundin mit und jedes Mal einen Sack schmutzige Wäsche für Mutters Waschmaschine. Als sie das letzte Mal da war, hatte Ellen angefangen, von Weihnachtsplänen zu sprechen, aber Vicky hatte ein verlegenes Gesicht gemacht und sich schließlich ein Herz gefasst, um Ellen zu eröffnen, dass sie dieses Jahr möglicherweise nicht zu Hause sein würde. Sie wolle sich vielleicht einer Gruppe junger Leute anschließen, die in der Schweiz Ski laufen und eine Villa mieten wollten.

Ellen, die diese Mitteilung völlig unvorbereitet traf, war es gelungen, ihre Bestürzung zu verbergen, doch insgeheim wurde ihr schwindelig bei der Aussicht, Weihnachten ohne ihr einziges Kind zu verbringen; dennoch war ihr bewusst, dass Eltern nichts Schlimmeres tun konnten, als Besitzansprüche zu zeigen, sich zu weigern, loszulassen, ja überhaupt irgendetwas zu erwarten.

Es war sehr schwierig. Wenn sie nach Hause kam, war die Post vielleicht schon da gewesen und hatte einen Brief von Vicky gebracht. Sie sah im Geiste den Umschlag auf der Fußmatte liegen, Vickys große Handschrift.

Liebste Ma! Schlachte das gemästete Kalb
und schmücke die Flure mit Stechpalmen, die
Schweiz ist gestorben, ich werde zu Hause

sein und die Feiertage bei Dir und Dad
verbringen.

Sie war so überzeugt, dass der Brief da sein würde, brannte so
sehr darauf, ihn zu lesen, dass sie sich erlaubte, ein bisschen
schneller zu fahren. Im fahlen Licht des Wintermorgens waren
jetzt die gefrorenen Gräben und die schwarzen, vereisten Hecken zu erkennen. Sanfte Lichter schienen in den Fenstern der
kleinen Häuser, der Hügel hatte eine Schneehaube auf. Ellen
dachte an Weihnachtslieder und den Duft von Fichtenzwei-
gen, und plötzlich war sie von Aufregung ergriffen, dem alten
Zauber der Kindheit.

Fünf Minuten später parkte sie den Wagen in der Garage
und ging durch die Hintertür ins Haus. Nach der Eiseskälte
draußen war es in der Küche wohltuend warm. Die Reste vom
Frühstück standen auf dem Tisch, aber sie sah darüber hinweg
und durchquerte die Diele, um nach der Post zu sehen. Der
Briefträger war da gewesen, ein Stapel Umschläge lag auf der
Fußmatte. Sie hob sie auf, so überzeugt, einen Brief von Vicky
vorzufinden, dass sie, als keiner da war, ihn übersehen zu haben glaubte und den Stapel noch einmal durchging. Aber von
ihrer Tochter war nichts dabei.

Einen Augenblick war sie von Enttäuschung übermannt,
doch dann gab sie sich einen Ruck, nahm sich zusammen.
Vielleicht mit der Nachmittagspost ... Eine Reise voller Hoffnung ist schöner als die Ankunft. Sie ging mit dem Stapel Umschläge in die Küche, warf ihren Schaffellmantel ab und setzte
sich hin, um die Post zu lesen.

Es waren vornehmlich Briefkarten. Sie öffnete eine nach der

anderen und stellte sie im Halbkreis auf. Rotkehlchen, Engel, Weihnachtsbäume und Rentiere. Die letzte Karte war riesig groß und extravagant, eine Reproduktion von Breughels Schlittschuhläufern. Mit herzlichen Grüßen von Cynthia. Cynthia hatte außerdem einen Brief geschrieben. Ellen schenkte sich einen Becher Kaffee ein und las ihn.

Vor langer Zeit waren Ellen und Cynthia die besten Schulfreundinnen gewesen. Aber als sie erwachsen waren, hatten sich ihre Wege getrennt und ihrer beider Leben ganz verschiedene Richtungen eingeschlagen. Ellen hatte James geheiratet, und nach einer kurzen Zeit in einer kleinen Londoner Wohnung waren sie mit ihrer neugeborenen Tochter in dieses Haus gezogen, wo sie seither lebten. Einmal im Jahr fuhr sie mit James in Urlaub, meistens an Orte, wo James Golf spielen konnte. Das war alles. Die übrige Zeit tat sie die Dinge, mit denen Frauen in aller Welt ihre Zeit verbrachten, kochen, einkaufen, nähen, den Garten jäten, waschen und bügeln. Einladungen geben und von ein paar guten Freunden eingeladen werden; nebenbei ein bisschen karitative Arbeit und Kuchenbacken für den Basar der Frauenliga. Das alles stellte keine großen Anforderungen an sie und war, wie sie wohl wusste, ein bisschen fade.

Cynthia hingegen hatte einen angesehenen Arzt geheiratet, drei Kinder geboren, ein eigenes Antiquitätengeschäft eröffnet und einen Haufen Geld verdient. Ihre Urlaube waren unvorstellbar aufregend, sie reisten kreuz und quer durch die USA, wanderten in den Bergen von Nepal oder besuchten die Chinesische Mauer.

Ellens und James' Freunde waren Ärzte, Rechtsanwälte oder

Geschäftskollegen; Cynthias Haus in Campden Hill aber war ein Treffpunkt für die faszinierendsten Leute. Berühmte Gesichter vom Fernsehen würzten ihre Partys, Schriftsteller diskutierten über den Existentialismus, Künstler stritten über abstrakte Kunst, Politiker ergingen sich in gewichtigen Debatten. Als sie einmal nach einem Einkaufstag bei Cynthia übernachtete, saß Ellen beim Abendessen zwischen einem Kabinettsminister und einem jungen Mann mit pinkfarbenen Haaren und einem einzelnen Ohrring. Das Bemühen, sich mit dem einen oder anderen dieser Individuen zu unterhalten, war ein aufreibendes Erlebnis gewesen.

Hinterher hatte Ellen sich Vorwürfe gemacht. «Ich habe nichts, worüber ich reden kann», sagte sie zu James. «Außer, wie ich Marmelade koche und meine Wäsche weiß kriege, wie diese schrecklichen Frauen in der Fernsehwerbung.»

«Du könntest über Bücher sprechen. Ich kenne keinen Menschen, der so viele Bücher verschlingt wie du.»

«Über Bücher kann man nicht sprechen. Lesen ist lediglich das Erleben der Erlebnisse von anderen Leuten. Ich sollte etwas tun, selbst etwas erleben.»

«Was ist mit damals, als wir die Katze verloren haben? Ist das kein Erlebnis?»

«O *James*.»

In diesem Moment wurde die Idee geboren. Sie hatte deswegen nie etwas unternommen, aber in diesem Augenblick war die Idee geboren worden. Wenn Vicky von zu Hause fortging, vielleicht könnte sie dann ...? Ein paar Tage später erwähnte sie es abends beiläufig zu James, aber er las die Zeitung und hörte kaum zu, und als sie nach ein paar Tagen noch einmal darauf zu sprechen kam, hatte er es, überaus freundlich, mit Gleichgültigkeit zugeschüttet, ganz so, als leerte er einen Wassereimer über einem Feuer aus.

Sie seufzte, ließ Bestrebungen Bestrebungen sein und las Cynthias Brief.

Liebste Ellen! Wollte der Karte noch schnell ein paar Zeilen beifügen, bloß um mich mal zu melden und Dir das Neueste mitzuteilen. Ich glaube nicht, dass Du die Sanderfords, Cosmo und Ruth, mal kennen gelernt hast, als Du hier warst.

Ellen hatte die Sanderfords nicht kennen gelernt, aber das bedeutete nicht, dass sie nicht genau wusste, wer sie waren. Wer hatte nicht von den Sanderfords gehört? Er war ein bedeutender Filmregisseur, sie war Schriftstellerin und verfasste ironische, komische Familienromane. Wer hatte die beiden nicht bei Podiumsdiskussionen im Fernsehen erlebt? Wer hatte Ruths Artikel über die Erziehung ihrer vier Kinder nicht gelesen? Wer hatte seine Filme nicht bewundert, mit ihrer versteckten, originellen Aussage, ihrer Empfindsamkeit und visuellen Schönheit? Was sie auch taten, die Sanderfords waren eine Nachricht wert. Allein ihnen zuzusehen genügte, um einem gewöhnlichen Sterblichen das Gefühl zu geben, fade und vollkommen unzulänglich zu sein. Die Sanderfords. Leicht verzagt las Ellen weiter:

Sie haben sich vor einem Jahr scheiden lassen, in aller Freundschaft, und von Zeit zu Zeit kann man sie immer noch zusammen beim Mittagessen sehen. Aber sie hat sich in Deiner Nähe ein Haus gekauft, und ich bin überzeugt, dass sie sich über einen Besuch freuen würde. Ihre Adresse ist Monk's Thatch, Trauncey, und die Telefonnummer ist Trauncey 232. Ruf sie mal an und sag ihr, ich habe Dir gesagt, du solltest Dich mal bei ihr melden. Fröhliche Weihnachten, viele liebe Grüße, Cynthia.

Trauncey war nur anderthalb Kilometer entfernt, praktisch nebenan. Und Monk's Thatch war eine alte Wildhüterhütte, an der monatelang ein Schild «Zu verkaufen» angebracht gewesen war. Jetzt musste das Schild wohl verschwunden sein, denn Ruth Sanderford hatte das Häuschen gekauft und wohnte dort ganz allein, und von Ellen wurde erwartet, dass sie mit ihr Verbindung aufnahm.

Bei dieser Aussicht war ihr bange zumute. Wenn der Neuankömmling ein normaler Mensch gewesen wäre, eine allein stehende Frau, die Gesellschaft und den Trost einer Freundin brauchte, das wäre etwas anderes gewesen. Aber Ruth Sanderford war kein normaler Mensch. Sie war berühmt, klug, genoss vermutlich ihr neu gewonnenes Alleinsein nach einem glanzvollen Leben künstlerischer Erfüllung, verbunden mit der schieren Plackerei, vier Kinder aufzuziehen. Sie würde Ellen langweilig finden und Cynthia den Vorschlag verübeln, dass Ellen sich bei ihr melden sollte.

Der Gedanke an den kühlen Empfang, der ihren vorsichtigen Annäherungen womöglich bereitet würde, ließ Ellens Phantasie erschrocken Reißaus nehmen. Irgendwann würde sie hingehen. Nicht vor Weihnachten. Vielleicht am Neujahrstag. Im Moment hatte sie ohnehin zu viel zu tun. Apfelpasteten backen, Listen schreiben …

Sie schlug sich Ruth Sanderford aus dem Kopf, ging nach oben und machte ihr Bett. Die Tür von Vickys Zimmer gegenüber dem Treppenpodest war geschlossen. Sie öffnete sie, spähte hinein, sah den Staub auf dem Toilettentisch, das Bett mit dem Stapel gefalteter Decken, die geschlossenen Fenster. Ohne Vickys Habe wirkte es seltsam unpersönlich, ein Zimmer, das irgendjemand oder niemandem gehörte. Wie sie so auf der Schwelle stand, wusste Ellen mit einem Mal, ohne jeden Zweifel, dass Vicky in die Schweiz fahren würde. Dass Weihnachten irgendwie ohne sie überstanden werden musste.

Was würden sie machen, sie und James? Worüber würden sie reden, wenn sie jeder an einem Ende des Esszimmertisches saßen, mit einem Truthahn, der zu groß zum Verspeisen war? Vielleicht sollte sie den Truthahn abbestellen und dafür Lammkoteletts bestellen. Vielleicht sollten sie verreisen, in eines dieser Hotels, die sich einsamer älterer Leute annahmen.

Rasch machte sie die Tür zu, verschloss nicht nur Vickys verlassenes Zimmer, sondern auch die erschreckenden Bilder von Alter und Einsamkeit, die uns alle einmal ereilen. Am anderen Ende des Treppenpodestes führte eine schmale Stiege auf den Dachboden. Ohne besondere Absicht ging Ellen die Stiege hinauf und durch die Tür, die auf den riesigen Speicher mit dem schrägen Dach führte. Er war leer bis auf ein paar Koffer und die Blumenzwiebeln, die sie fürs Frühjahr gesteckt hatte und die nun in dicke Schichten Zeitungspapier gehüllt waren. Dachgauben ließen die blassen Strahlen der niedrig stehenden Sonne herein, und es roch angenehm nach Holz und Kampfer.

In einer Ecke stand ein Karton mit dem Christbaum-schmuck. Aber würden sie dieses Jahr einen Baum haben? Es war immer Vickys Aufgabe gewesen, den Baum zu schmü-cken, und es schien wenig Sinn zu haben, wenn sie nicht da war. Überhaupt schien alles wenig Sinn zu haben.

Sag ihr, ich habe Dir gesagt, Du solltest Dich mal bei ihr mel-den.

Ihre Gedanken waren wieder bei Ruth Sanderford. Sie wohnte in Monk's Thatch, ein kurzer Spaziergang über die vereisten Felder. Schön, sie war berühmt, aber Ellen kannte und liebte alle ihre Bücher, sie identifizierte sich mit den ge-plagten Müttern, den zornigen, missverstandenen Kindern, den frustrierten Ehefrauen.

Aber ich bin nicht frustriert.

Der Speicher bildete einen wesentlichen Bestandteil der Idee, die sie gehabt hatte, des Vorhabens, das James so kurzer-hand abgetan hatte, des Plans, den sie aufgegeben hatte, weil es keinen Menschen gab, der ihr ein wenig Mut zusprach.

James und Vicky. Ihr Mann und ihr Kind. Urplötzlich hatte Ellen die beiden satt. Sie hatte es satt, sich Gedanken wegen Weihnachten zu machen, sie hatte das Haus satt. Sie sehnte sich nach Abwechslung. Sie würde gehen, auf der Stelle, und Ruth Sanderford besuchen. Bevor dieser neue Mut sich ver-flüchtigte, ging sie hinunter, zog ihren Mantel an, legte ein Glas mit selbst gemachter Orangenmarmelade und eins mit Obstpastetenfüllung in einen Korb. Als begebe sie sich auf eine wagemutige, gefährliche Reise, trat sie in den eisigen Morgen hinaus und schlug die Tür hinter sich zu.

Es war ein schöner Tag geworden. Blass und wolkenlos der Himmel, glitzernder Frost auf den kahlen Bäumen, die Ackerfurchen eisenhart. Saatkrähen krächzten hoch oben auf den Ästen, die eisige Luft war süß wie Wein. Ellens Stimmung stieg; sie schwenkte den Korb, genoss ihre wachsende Energie. Der Fußweg führte am Rand der Felder entlang, über hölzerne Zauntritte. Bald kam hinter den Hecken Trauncey in Sicht. Eine kleine Kirche mit einem spitzen Turm, eine Gruppe niedriger Häuser. Über den letzten Zauntritt, und sie war auf der Straße. Rauch stieg munter aus Schornsteinen, graue Federn in der stillen Luft. Ein alter Mann mit Pferd und Wagen klapperte vorüber. Sie sagten guten Morgen. Ellen ging auf der kurvigen Straße weiter.

Das Schild «Zu verkaufen» am Haus Monk's Thatch war verschwunden. Ellen öffnete das Gartentor und ging den Ziegelweg entlang. Das Haus war lang gestreckt und niedrig, sehr alt, ein Fachwerkhaus mit einem Strohdach, das wie Augenbrauen über den kleinen Fenstern hing. Die Tür war blau gestrichen, mit einem Messingklopfer, und Ellen klopfte etwas beklommen, und als sie dastand und wartete, vernahm sie das Geräusch einer Säge.

Niemand öffnete ihr, und nach einer Weile folgte sie dem Geräusch und traf im Hof neben dem Haus auf eine schwer arbeitende Gestalt. Eine Frau, die Ellen von ihren Auftritten im Fernsehen her sofort erkannte.

Sie hob die Stimme und sagte: «Hallo.»

Ruth Sanderford hörte zu sägen auf und blickte hoch. Einen Augenblick verharrte sie erstaunt über den Sägebock gebeugt, dann richtete sie sich auf, ließ die Säge mitten in einem alten Ast stecken. Sie staubte sich die Hände am Hosenboden ab und kam zu Ellen.

«Hallo.»

Sie war eine sehr würdevolle Erscheinung. Groß, schlank, kräftig wie ein Mann. Die grauen Haare waren am Hinterkopf zu einem Knoten geschlungen, ihr Gesicht war sonnengebräunt, mit dunklen Augen und glatten Zügen. Zu ihrer fleckigen Hose trug sie einen Marinepullover, und um den Hals hatte sie ein getupftes Tuch geknotet. «Wer sind Sie?»

Es klang nicht unfreundlich, sondern vielmehr, als wolle sie es wirklich gerne wissen.

«Ich ... ich bin Ellen Parry. Eine Freundin von Cynthia. Sie sagte mir, ich solle Sie besuchen.»

Ruth Sanderford lächelte. Es war ein schönes Lächeln, warm und freundlich. Schlagartig war Ellens Nervosität verschwunden. «Natürlich. Sie hat mir von Ihnen erzählt.»

«Ich bin nur gekommen, um guten Tag zu sagen. Ich möchte Sie nicht stören, wenn Sie zu tun haben.»

«Sie stören mich nicht. Ich bin so gut wie fertig.» Sie ging zum Sägebock zurück, bückte sich und lud ein Bündel frisch gesägte Holzscheite auf ihre kräftigen Arme. «Ich muss das nicht machen – mein Vorrat an Feuerholz reicht bis an die Decke –, aber ich habe zwei Tage geschrieben, und da tut ein bisschen körperliche Arbeit gut. Außerdem ist es so ein zauberhafter Morgen, da wäre es fast ein Verbrechen, im Haus zu bleiben. Kommen Sie herein, trinken Sie eine Tasse Kaffee mit mir.»

Sie ging auf dem Weg voran, machte eine Hand frei, um den Türknauf zu drehen, und stieß die Tür mit dem Fuß auf. Sie war so groß, dass sie den Kopf einziehen musste, um sich nicht an dem Türsturz zu stoßen, aber Ellen, die erheblich kleiner war, brauchte sich nicht zu bücken, und erfüllt von verwunderter Erleichterung, dass das erste Bekanntwerden so mühelos verlaufen war, folgte sie Ruth Sanderford ins Haus und schloss die Tür.

Sie waren über zwei Stufen unmittelbar ins Wohnzimmer hinabgestiegen, das so lang und geräumig war, dass es den größten Teil des Erdgeschosses einnehmen musste. An einem Ende war ein offener Kamin, am anderen ein großer Kirschholztisch. Auf dem standen eine Schreibmaschine, Kartons mit Papier, Nachschlagewerke, ein Becher mit gespitzten Bleistiften und ein viktorianischer Krug mit getrockneten Blumen und Gräsern.

Ellen sagte: «Ein wunderschönes Zimmer.»

Ihre Gastgeberin stapelte die Holzscheite in einen bereits randvollen Korb und wandte sich dann Ellen zu.

«Entschuldigen Sie die Unordnung. Wie gesagt, ich habe gearbeitet.»

«Ich finde es nicht unordentlich.» Schäbig vielleicht, ein bisschen unaufgeräumt, aber sehr einladend mit den büchergesäumten Wänden und abgeschabten alten Sofas, die zu beiden Seiten des Kamins standen. Und überall Fotografien und ausgefallene, schöne Gegenstände aus Porzellan. «Genau so soll ein Zimmer aussehen. Bewohnt und warm.» Sie stellte ihren Korb auf den Tisch. «Ich habe Ihnen etwas mitgebracht. Marmelade und Pastetenfüllung. Nichts Besonderes.»

«Oh, wie nett.» Sie lachte. «Ein Vorweihnachtsgeschenk. Und mir ist die Marmelade ausgegangen. Bringen wir die Sachen in die Küche, und ich setze Wasser auf.»

Ellen legte ihren Schaffellmantel ab und folgte Ruth durch eine Tür am hinteren Ende des Raumes in eine kleine, bescheidene Küche, die früher eine Waschküche gewesen sein mochte. Ruth ließ Wasser in den Kessel laufen und stellte ihn auf den Gasherd. Sie kramte in einem Schrank nach Kaffee und nahm zwei Becher von einem Bord. Dann brachte sie ein Blechtablett zum Vorschein, auf dem *Carlsberg Lager* geschrieben stand, musste aber geraume Zeit suchen, bis sie den Zucker fand. Obwohl sie vier Kinder großgezogen hatte, war sie offensichtlich kein häuslicher Typ.

«Wie lange wohnen Sie schon hier?», fragte Ellen.

«Schon einige Monate. Es ist himmlisch. So friedlich.»

«Schreiben Sie an einem neuen Roman?»

Ruth grinste gequält. «Könnte man sagen.»

«Auf die Gefahr hin, dass es banal klingt, ich habe alle Ihre Bücher mit großem Vergnügen gelesen. Und ich habe Sie im Fernsehen gesehen.»

«Ach du liebe Zeit.»

«Sie waren gut.»

«Man hat mich neulich gebeten, eine Sendung zu machen, aber ohne Cosmo scheint es sinnlos. Wir waren ein richtiges Team. Im Fernsehen, meine ich. Ansonsten glaube ich, seit wir geschieden sind, sind wir beide glücklicher. Und unsere Kinder auch. Als ich das letzte Mal mit ihm Mittag essen war, hat er mir erzählt, dass er daran denkt, wieder zu heiraten. Ein Mädchen, das seit zwei Jahren bei ihm arbeitet. Sie ist so nett. Sie wird ihm eine wunderbare Frau sein.»

Es war ein wenig verwirrend, von einer Fremden sogleich derart ins Vertrauen gezogen zu werden, aber sie sprach so natürlich und herzlich, dass diese Vertraulichkeit ganz normal, sogar wünschenswert wirkte.

Während Ruth Kaffeepulver in die Becher löffelte, sprach sie weiter: «Wissen Sie, dass ich jetzt zum ersten Mal in meinem Leben für mich allein lebe? Ich komme aus einer großen Familie, habe mit achtzehn geheiratet und bin sofort schwanger geworden. Danach gab es keinen einzigen müßigen Augenblick. Menschen scheinen sich ganz außerordentlich zu vermehren. Ich hatte Freunde, und Cosmo hatte Freunde, und dann brachten die Kinder ihre Freunde mit nach Hause, und die Freunde hatten Freunde, und so ging es weiter. Ich wusste nie, wie viele Personen ich zu verköstigen haben würde. Da ich keine besonders gute Köchin bin, gab es meistens Berge von Spaghetti.» Das Wasser kochte, sie füllte die Becher und nahm das Tablett. «Kommen Sie, gehen wir ans Feuer.»

Sie setzten sich einander gegenüber, eine jede in eine Ecke eines durchgesessenen Sofas, zwischen sich die Wärme des lodernden Feuers. Ruth trank einen Schluck Kaffee und stellte den Becher auf dem Tischchen ab, das zwischen ihnen stand. Sie sagte: «Das Schöne am Alleinleben ist unter anderem, dass ich kochen kann, wann ich will und was ich will. Bis zwei Uhr nachts arbeiten, wenn mir danach ist, und bis zehn schlafen.» Sie lächelte. «Sind Sie schon lange mit Cynthia befreundet?»

«Ja, wir sind zusammen zur Schule gegangen.»

«Wo wohnen Sie?»

«Im Nachbardorf.»

«Haben Sie Familie?»

«Einen Mann und eine Tochter, Vicky. Das ist alles.»

«Denken Sie nur, ich werde bald Großmutter. Allein schon

die Vorstellung finde ich erstaunlich. Es kommt mir vor, als sei es keine Minute her, seit mein ältestes Kind geboren wurde. Das Leben rast vorüber, nicht? Man hat nie Zeit, irgendwas zu machen.»

Es schien Ellen, dass Ruth so ungefähr alles gemacht hatte, aber sie sagte es nicht. Sie fragte vielmehr und wollte nicht, dass es wehmütig klang: «Kommen Ihre Kinder Sie besuchen?»

«O ja. Sie hätten mich dieses Haus nicht kaufen lassen, bevor sie es gutgeheißen hatten.»

«Kommen sie auch für länger?»

«Einer meiner Söhne hat mir beim Umzug geholfen, aber jetzt ist er in Südamerika, ich vermute, ich werde ihn die nächsten Monate nicht sehen.»

«Und Weihnachten?»

«Oh, Weihnachten bin ich allein. Sie sind jetzt alle erwachsen, führen ihr eigenes Leben. Vielleicht überfallen sie ihren Vater, wenn sie eine Übernachtungsmöglichkeit suchen, ich weiß es nicht. Ich weiß es nie, habe es nie gewusst.» Sie lachte, nicht über ihre Kinder, sondern über ihre eigene Unwissenheit.

Ellen sagte: «Ich glaube nicht, dass Vicky Weihnachten nach Hause kommt. Sie wird wohl zum Skilaufen in die Schweiz fahren.»

Falls sie Mitgefühl oder Bedauern erwartete, wurde es ihr nicht zuteil. «Oh, das macht Spaß. Weihnachten in der Schweiz ist herrlich. Wir waren einmal mit den Kindern dort, als sie noch klein waren, und Jonas hat sich das Bein gebrochen. Was fangen Sie mit sich an, wenn Sie nicht Ehefrau und Mutter sind?»

Die unverblümte Frage kam überraschend und war etwas verwirrend. «Ich ... ich tue eigentlich nichts ...», gestand Ellen.

«Das nehme ich Ihnen nicht ab. Sie sehen ungeheuer tüchtig aus.»

Das war ermutigend. «Hm ... ich gärtnere. Und ich koche. Und ich bin in ein paar Komitees. Und ich nähe.»

«Meine Güte, wie geschickt Sie sind, dass Sie sogar nähen können. Ich kann nicht mal eine Nadel einfädeln. Sie brauchen sich nur meine Schonbezüge anzusehen. Sie müssen alle geflickt werden ... nein, flicken lohnt sich nicht mehr. Am besten kaufe ich Chintz und lasse neue Bezüge machen. Nähen Sie sich Ihre Kleider selbst?»

«Nein, Kleider nicht. Aber Vorhänge und so.» Sie zögerte einen Moment, dann sagte sie hastig: «Wenn Sie wollen, kann ich Ihre Bezüge flicken. Ich mache es gerne für Sie.»

«Und neue? Könnten Sie auch neue machen?»

«Ja.»

«Mit Paspeln und allem?»

«Ja.»

«Wollen Sie das tun? Professionell? Als Auftrag, meine ich. Nach Weihnachten, wenn Sie nicht mehr so viel zu tun haben?»

«Aber ...»

«Oh, sagen Sie ja. Es ist mir egal, was Sie berechnen. Wenn ich das nächste Mal nach London komme, kann ich bei Liberty's den allerschönsten Morris-Chintz kaufen.» Ellen konnte sie nur anstarren. Ruth sah leicht zerknirscht drein. «Oh, jetzt habe ich Sie gekränkt.» Sie versuchte es noch einmal, schmeichelnd. «Sie können das Geld jederzeit der Kirche spenden und es als gutes Werk abschreiben.»

«Darum geht es nicht!»

«Warum machen Sie dann so ein verblüfftes Gesicht?»

«Weil ich verblüfft *bin*. Weil dies genau die Beschäftigung ist, an die ich gedacht hatte. Professionell, meine ich. Schonbezüge und Vorhänge nähen und dergleichen. Polstern. Voriges Jahr habe ich es in einem Abendkurs gelernt. Und jetzt, da Vicky in London und James den ganzen Tag weg ist … Ich habe einen idealen Speicher im Haus, ganz hell und warm. Und ich habe eine Nähmaschine. Ich müsste nur noch einen großen Tisch kaufen …»

«Ich habe vorige Woche auf einer Versteigerung einen gesehen. Einen alten Wäschereitisch …»

«Aber leider scheint James – mein Mann – es nicht für eine gute Idee zu halten.»

«Ach, Ehemänner sind notorisch unbegabt dafür, etwas für eine gute Idee zu halten.»

«Er meint, ich würde das Geschäftliche nicht bewältigen. Die Einkommensteuer und die Rechnungen und die Mehrwertsteuer. Und er hat Recht», schloss Ellen betrübt, «denn er weiß, dass ich nicht mal zwei und zwei zusammenzählen kann.»

«Nehmen Sie sich einen Steuerberater.»

«Einen *Steuerberater*?»

«Sagen Sie nicht ‹Steuerberater›, als wäre es etwas Unanständiges. Sie machen ein Gesicht, als hätte ich Ihnen geraten, Sie sollten sich einen Liebhaber zulegen. Natürlich einen Steuerberater, der macht die Jahresabrechnung für Sie. Kein Aber mehr. Ihre Idee ist einfach glänzend.»

«Und wenn ich keine Arbeit bekomme?»

«Sie werden mehr Arbeit bekommen, als Sie bewältigen können.»

«Das ist ja noch schlimmer.»

«Überhaupt nicht. Sie stellen einige nette Damen aus dem Dorf ein, die Ihnen zur Hand gehen. Sie schaffen Arbeitsplätze. Es wird immer besser. Ehe Sie wissen, wie Ihnen geschieht, betreiben Sie ein richtiges kleines Geschäft.»

Ein richtiges kleines Geschäft. Etwas Kreatives tun, das ihr Freude bereitete und das sie gut machte. Arbeitsplätze schaffen. Vielleicht Geld verdienen wie Cynthia. Sie dachte darüber nach. Nach einer Weile meinte sie: «Ich weiß nicht, ob ich den Mut dazu habe.»

«Natürlich haben Sie den Mut. Und Ihren ersten Auftrag haben Sie schon. Von mir.»

«Aber James. Ich ... angenommen, er ist dagegen?»

«Dagegen? Er wird restlos begeistert sein. Und was Ihre Tochter angeht, es wäre das Beste, das Sie für sie tun können. Es ist nicht leicht für Kinder, das Nest zu verlassen, vor allem für Einzelkinder. Wenn Sie beschäftigt und glücklich sind, braucht sie sich nicht von Gewissensbissen plagen zu lassen. Es wird Ihre Beziehung zu ihr von Grund auf ändern. Nur zu! Sie hatten vermutlich nie die Möglichkeit, etwas Eigenständiges zu tun, und nun bietet sich Ihnen die Gelegenheit. Ergreifen Sie sie mit beiden Händen, Ellen.»

Ellen sah sie an, hörte ihr zu, und plötzlich fing sie an zu lachen. Ruth runzelte die Stirn. «Warum lachen Sie?»

«Mir ist gerade klar geworden, warum Sie so viel Erfolg im Fernsehen haben.»

«Ich weiß, wie Sie darauf gekommen sind, weil ich nämlich wieder in meinen Predigtton verfallen bin, wie meine Kinder das nennen. Cosmo nannte mich immer eine unbändige Feministin, und vielleicht bin ich das. Vielleicht bin ich es immer gewesen. Ich weiß nur, der wichtigste Mensch auf der Welt ist man selbst. Du bist der Mensch, mit dem du leben musst. Du bist dein eigener Umgang, dein Stolz. Selbstsicherheit hat nichts mit Selbstsucht zu tun ... es ist einfach ein Brunnen, der nicht austrocknet bis zu dem Tag, an dem man stirbt und ihn nicht mehr braucht.»

Ellen war seltsam bewegt, und ihr fiel keine Erwiderung ein. Ruth wandte den Kopf, blickte in den Feuerschein. Ellen sah die Falten um ihre Augen, den großzügigen Schwung ihres Mundes, die glatten grauen Haare. Nicht jung, aber schön; erfahren, verletzt vielleicht – vermutlich manchmal erschöpft –, aber nie unterlegen. Im mittleren Alter hat sie für sich allein ein neues Leben angefangen, guten Mutes und ohne Groll. Mit James' Unterstützung könnte es doch nicht allzu schwer sein, ihrem Beispiel zu folgen?

Schließlich war es Zeit, nach Hause zu gehen. Ellen stand auf, zog ihren Mantel an und nahm den leeren Korb. Ruth öffnete die Tür, und sie traten zusammen in den vereisten Garten hinaus.

Ellen sagte: «Sie haben einen Maulbeerbaum. Der wird Ihnen im Sommer Schatten spenden.»

«Ich kann mir den Sommer gar nicht vorstellen.»

«Wenn ... wenn Sie Weihnachten allein sind, wollen Sie

nicht zu uns kommen und den Tag mit James und mir verbringen? Er ist wirklich sehr nett, nicht so spießig, wie es sich vielleicht angehört hat, als ich von ihm sprach.»

«Das ist sehr liebenswürdig. Ich komme gern.»

«Dann ist es abgemacht. Danke für den Kaffee.»

«Danke für das Vorweihnachtsgeschenk.»

«Sie haben mir auch ein Vorweihnachtsgeschenk gemacht.»

«So?»

«Sie haben mir Mut gemacht.»

Ruth lächelte. «Dafür», sagte sie, «sind Freunde da.»

Ellen ging langsam nach Hause, schwenkte den leeren Korb, und ihr Kopf surrte von Plänen. Als sie die Tür aufmachte und in die Küche ging, klingelte das Telefon, und mit noch behandschuhter Hand nahm sie den Hörer ab.

«Hallo.»

«Mami, hier ist Vicky. Tut mir leid, dass ich mich nicht eher gemeldet habe, aber ich ruf bloß an, um dir zu sagen, dass es mit der Schweiz klappt. Hoffentlich macht es dir nichts aus, aber es ist eine himmlische Gelegenheit, und ich war noch nie Ski laufen, und ich dachte, vielleicht kann ich Silvester nach Hause kommen. Ist es sehr schlimm für dich? Findest du mich schrecklich egoistisch?»

«Natürlich nicht.» Und es stimmte. Sie fand Vicky nicht egoistisch. Sie tat, was sie tun sollte, ihre eigenen Entscheidungen treffen, sich amüsieren, neue Freunde gewinnen. «Es ist eine großartige Gelegenheit, und du musst sie mit beiden Händen ergreifen.» *(Ergreifen Sie sie mit beiden Händen, Ellen.)*

«Du bist ein Engel. Und du und Daddy werdet nicht einsam sein, wenn ihr allein seid?»

«Ich habe für Weihnachten schon Besuch eingeladen.»

«Oh, prima. Ich hatte schon gedacht, ihr würdet Trübsal blasen und ein Kotelett essen und keinen Weihnachtsbaum haben.»

«Dann hast du falsch gedacht. Ich schicke heute Nachmittag deine Geschenke ab.»

«Und ich schicke euch meine. Du bist ein Schatz, dass du so . verständnisvoll bist.»

«Schreib eine Postkarte.»

«Na klar, mach ich. Ich versprech's. Und Mami ...»

«Ja, Liebling?»

«Frohe Weihnachten.»

Ellen legte auf. Dann ging sie, noch im Mantel, die Treppe hinauf, an Vickys Zimmer vorbei und zum Speicher hoch. Da war er, der Geruch nach Holz und Kampfer. Da waren sie, die breiten Fenster und das große Oberlicht. Dort würde ihr Tisch stehen, hier das Bügelbrett, hier ihre Nähmaschine. Hier würde sie zuschneiden, heften und nähen. Im Geiste sah sie Ballen mit Leinen und Chintz, Litzen für Vorhänge, Rollen mit Samt. Sie würde sich einen Namen machen – Ellen Parry. Sich ihr Leben gestalten. Ein richtiges kleines Geschäft.

Sie hätte den ganzen Tag so stehen mögen, in Pläne vertieft, sich zufrieden beglückwünschend, wäre ihr Blick nicht plötzlich auf den Karton mit dem Christbaumschmuck gefallen.

Weihnachten.

Keine zwei Wochen mehr und noch so viel zu tun. Die Apfelpasteten, die Karten, die Geschenke abschicken, den Baum bestellen. Sie hatte, erinnerte sie sich schuldbewusst, nicht einmal das Frühstücksgeschirr gespült. Aus der Zukunft in die noch aufregendere Gegenwart katapultiert, durchquerte sie den leeren Speicher, hob den Karton auf die Arme und trug die kostbare Last überaus vorsichtig die Treppe hinunter.

Miss Camerons Weihnachtsfest

Die kleine Stadt Kilmoran hatte viele Gesichter, und für Miss Cameron waren sie alle schön. Im Frühling war das Wasser der Förde indigoblau gefärbt; landeinwärts tummelten sich Lämmer auf den Feldern, und in den Gärten wogten gelbe Narzissen. Der Sommer brachte die Besucher; Familien kampierten am Strand und schwammen in den flachen Wellen; der Eiswagen parkte am Wellenbrecher, der alte Mann mit dem Esel ließ die Kinder reiten. Und dann, gegen Mitte September, verschwanden die Besucher, die Ferienhäuser wurden dicht gemacht, ihre Fenster mit den geschlossenen Läden starrten blind über das Wasser zu den Hügeln am fernen Ufer. Überall auf dem Land brummten die Mähdrescher, und wenn die ersten Blätter von den Bäumen fielen und die stürmischen Herbstfluten das Meer bis an die Krone der Mauer unterhalb von Miss Camerons Garten steigen ließen, kamen die ersten Wildgänse von Norden geflogen. Nach den Gänsen hatte Miss Cameron jedes Mal das Gefühl, nun sei der Winter eingekehrt.

Und das war, dachte sie im Stillen, vielleicht die allerschönste Zeit. Ihr Haus sah nach Süden über die Förde; und war es auch oft dunkel, windig und regnerisch, wenn sie aufwachte, so war der Himmel doch manchmal auch klar und wolkenlos, und an solchen Morgen lag sie im Bett und beobachtete, wie die Sonne über den Horizont kletterte und das Schlafzimmer mit rosigem Licht durchflutete. Es blinkte auf dem Messinggestell des Bettes und wurde von dem Spiegel über dem Toilettentisch reflektiert.

Heute war der 24. Dezember, und was für ein Morgen! Und morgen Weihnachten. Sie lebte allein und würde den morgigen Tag allein verbringen. Es machte ihr nichts aus. Sie und ihr Haus würden sich gegenseitig Gesellschaft leisten. Sie stand auf und schloss das Fenster. Die fernen Lammermuir-Hügel waren mit Schnee überzuckert, und auf der Mauer am Ende des Gartens saß eine Möwe kreischend über einem Stück verfaultem Fisch. Plötzlich breitete sie die Schwingen aus und flog davon. Das Sonnenlicht fing sich in dem weißen Gefieder und verwandelte die Möwe in einen zauberhaften rosa Vogel, so schön, dass Miss Cameron vor Freude und Aufregung das Herz schwoll. Sie beobachtete den Flug der Möwe, bis sie außer Sicht segelte, dann zog sie ihre Pantoffeln an und ging hinunter, um Wasser für ihren Tee aufzusetzen.

Miss Cameron war achtundfünfzig. Bis vor zwei Jahren hatte sie in Edinburgh gelebt, in dem großen, kalten, nach Norden gelegenen Haus, wo sie geboren und aufgewachsen war. Sie war ein Einzelkind gewesen, ihre Eltern waren um so vieles älter als sie, dass sie, als sie zwanzig war, bereits als betagt gelten konnten. Deswegen war es schwierig, wenn nicht unmöglich, von zu Hause wegzugehen und ihr eigenes Leben zu leben. Irgendwie gelang ihr ein Kompromiss. Sie besuchte die Universität, aber in Edinburgh, und wohnte zu Hause. Danach arbeitete sie als Lehrerin, aber auch das tat sie an einer Schule am Ort, und als sie dreißig war, stand es außer Frage, die zwei alten Leute im Stich zu lassen, denen – unglaublich, dachte Miss Cameron oft – sie ihr Dasein verdankte.

Als sie vierzig war, hatte ihre Mutter, die nie sehr kräftig gewesen war, einen leichten Herzanfall. Sie lag einen Monat kraftlos im Bett, dann starb sie. Nach dem Begräbnis kehrten Miss Cameron und ihr Vater in das große, düstere Haus zurück. Er ging nach oben und setzte sich verdrießlich ans Feuer, und sie ging in die Küche und machte Tee. Die Küche lag im Souterrain, und das Fenster war vergittert, um eventuelle Eindringlinge abzuschrecken. Während Miss Cameron wartete, dass das Wasser kochte, sah sie durch die Gitterstäbe auf das kleine Steingärtchen. Sie hatte versucht, dort Geranien zu ziehen, aber sie waren alle verwelkt, und nun war dort nichts zu sehen als ein hartnäckiger Weidenröschenspross. Die Gitter ließen die Küche wie ein Gefängnis anmuten. Das war ihr früher nie in den Sinn gekommen, aber jetzt kam es ihr in den Sinn, und sie wusste, dass es stimmte. Sie würde niemals fortkommen.

Ihr Vater lebte noch fünfzehn Jahre, und sie unterrichtete weiter, bis er zu schwach wurde, um allein gelassen zu werden, und sei es nur für einen Tag. Da gab sie pflichtschuldig ihre Arbeit auf, die sie nicht gerade glücklich gemacht, aber zumindest ausgefüllt hatte, und blieb zu Hause, um ihre Zeit dem Lebensabend ihres Vaters zu widmen. Sie besaß kaum eigenes Geld und nahm an, dass der alte Mann so wenig hatte wie sie selbst, so spärlich war das Haushaltsgeld, so knickerig war er mit Dingen wie Kohlen und Zentralheizung und selbst den bescheidensten Vergnügungen.

Er besaß ein altes Auto, das Miss Cameron fahren konnte, und an warmen Tagen packte sie ihn manchmal hinein, und dann saß er neben ihr, in seinem grauen Tweedanzug und dem schwarzen Hut, mit dem er wie ein Leichenbestatter aussah, während sie ihn ans Meer oder aufs Land chauffierte oder gar zum Holyrood-Park, wo er wankend einen kleinen Spaziergang machen oder unter den grasbewachsenen Hängen von Arthur's Seat in der Sonne sitzen konnte. Dann aber schossen die Benzinpreise in die Höhe, und ohne sich mit seiner Tochter zu besprechen, verkaufte Mr. Cameron das Auto, und sie besaß nicht genug eigenes Geld, um ein neues zu kaufen.

Sie hatte eine Freundin, Dorothy Laurie, mit der sie studiert hatte. Dorothy hatte geheiratet – während Miss Cameron ledig geblieben war –, einen jungen Arzt, der mittlerweile ein ungeheuer erfolgreicher Neurologe war und mit dem sie eine Familie mit wohl geratenen Kindern gegründet hatte, die jetzt alle erwachsen waren. Dorothy entrüstete sich unaufhörlich über Miss Camerons Situation. Sie fand, und sprach es aus, Miss Camerons Eltern seien selbstsüchtig und gedankenlos gewesen und der alte Herr werde immer schlimmer, je älter er werde. Als das Auto verkauft wurde, platzte ihr der Kragen.

«Lächerlich», sagte sie beim Tee in ihrem sonnigen, mit Blumen gefüllten Wohnzimmer. Miss Cameron hatte ihre Putzfrau bewogen, den Nachmittag über zu bleiben, um Mr.

Cameron seinen Tee zu servieren und aufzupassen, dass er auf dem Weg zur Toilette nicht die Treppe hinunterfiel. «So knauserig kann er nicht sein. Er wird sich doch bestimmt einen Wagen leisten können, wenn schon nicht um seinetwillen, dann wenigstens dir zuliebe?»

Miss Cameron mochte ihr nicht erzählen, dass er nie an jemand anderen gedacht hatte als an sich selbst. Sie sagte: «Ich weiß nicht.»

«Dann solltest du es herausfinden. Sprich mit seinem Steuerberater. Oder mit seinem Anwalt.»

«Dorothy, das kann ich nicht. Das wäre ja, als würde ich ihn hintergehen.» Dorothy machte ein Geräusch, das sich anhörte wie dieses «Paah», das die Leute in altmodischen Romanen zu sagen pflegten.

«Ich möchte ihn nicht aufregen», fuhr Miss Cameron fort.

«Würde ihm aber mal gut tun, sich aufzuregen. Hätte er sich ein-, zweimal in seinem Leben aufgeregt, wäre er jetzt nicht so ein egoistischer alter …» Sie schluckte herunter, was sie hatte sagen wollen, und ersetzte es durch «… Mann».

«Er ist einsam.»

«Natürlich ist er einsam. Egoistische Menschen sind immer einsam. Daran ist niemand schuld außer er selber. Jahrelang hat er im Sessel gesessen und sich selbst bedauert.»

Es war zu wahr, um darüber zu streiten. «Na ja», sagte Miss Cameron, «da ist nichts zu machen. Er ist fast neunzig. Es ist zu spät, ihn ändern zu wollen.»

«Ja, aber es ist nicht zu spät, dass du dich änderst. Du darfst nicht zulassen, dass du mit ihm alt wirst. Du musst einen Teil deines Lebens für dich behalten.»

Schließlich starb er, schmerzlos und friedvoll. Nach einem ruhigen Abend und einer ausgezeichneten Mahlzeit, die seine Tochter ihm gekocht hatte, schlief er ein und wachte nicht wieder auf. Miss Cameron war froh für ihn, dass sein Ende so still gekommen war. Erstaunlich viele Leute nahmen an der Beerdigung teil. Ein paar Tage später wurde Miss Cameron in die Kanzlei des Rechtsanwalts ihres Vaters bestellt. Sie ging hin, mit einem schwarzen Hut und in nervöser, gespannter Verfassung. Dann aber kam alles ganz anders, als sie gedacht hatte. Mr. Cameron, dieser gerissene alte Schotte, hatte sich nie in die Karten schauen lassen. Die Pfennigfuchserei, die jahrelange Enthaltsamkeit, sie waren ein riesengroßer, phantastischer Bluff gewesen. In seinem Testament vermachte er seiner Tochter sein Haus, seine irdischen Besitztümer und mehr Geld, als sie sich je erträumt hatte. Höflich und äußerlich gefasst wie stets, verließ sie die Anwaltskanzlei und trat auf dem Charlotte Square in den Sonnenschein hinaus. Eine Fahne flatterte hoch über den Festungswällen des Schlosses, und die Luft war kalt und frisch. Miss Cameron ging zu Jenners, eine Tasse Kaffee trinken, dann besuchte sie Dorothy.

Als Dorothy die Neuigkeit vernahm, war sie – typisch für sie – hin und her gerissen zwischen Wut auf die Hinterlist und Falschheit des alten Mr. Cameron und Begeisterung über das Glück ihrer Freundin. «Du kannst dir ein Auto kaufen», sagte sie zu ihr. «Du kannst reisen. Du kannst dir einen Pelzmantel anschaffen, Kreuzfahrten machen. Alles. Was wirst du tun? Was wirst du mit dem Rest deines Lebens anfangen?»

«Hm», meinte Miss Cameron vorsichtig, «ich werde mir einen kleinen Wagen kaufen.» An die Vorstellung, frei, beweglich zu sein, ohne auf einen anderen Menschen Rücksicht zu nehmen, musste sie sich erst langsam gewöhnen.

«Und reisen?»

Aber Miss Cameron hatte keine große Lust zu reisen, außer dass sie eines Tages nach Oberammergau wollte, um die Passionsspiele zu sehen. Und sie wollte keine Kreuzfahrten machen. Eigentlich wünschte sie sich nur eines, hatte sie sich ihr Leben lang nur eines gewünscht. Und jetzt konnte sie es haben.

Sie sagte: «Ich verkaufe das Haus in Edinburgh. Und kaufe ein anderes.»

«Wo?»

Sie wusste genau, wo. Kilmoran. Sie hatte dort einen Sommer verbracht, als sie zehn war, auf Einladung der liebenswürdigen Eltern einer Schulfreundin. Es waren derart glückliche Ferien gewesen, dass Miss Cameron sie nie vergessen hatte.

Sie sagte: «Ich ziehe nach Kilmoran.»

«Kilmoran? Aber das ist ja bloß über die Förde ...»

Miss Cameron lächelte sie an. Es war ein Lächeln, wie es Dorothy noch nie gesehen hatte, und es ließ sie verstummen. «Dort werde ich ein Haus kaufen.»

Und sie machte es wahr. Ein Reihenhaus mit Blick aufs Meer. Von hinten, der Nordseite, wirkte es unansehnlich und langweilig; es hatte quadratische Fenster, und die Haustür lag direkt am Bürgersteig. Aber drinnen war es schön, ein georgianisches Haus in Miniaturgröße, die Diele war mit Schieferplatten belegt, und eine geschweifte Treppe führte ins obere

Stockwerk. Das Wohnzimmer lag oben, es hatte ein Erkerfenster, und vor dem Haus war ein Garten, zum Schutz vor dem Seewind ummauert. In der Mauer war ein großes Tor, und dahinter führte eine Steintreppe über die Kaimauer an den Strand. Im Sommer liefen Kinder auf der Kaimauer entlang, sie schrien und lärmten, aber Miss Cameron machte dieser Lärm nichts aus, ebenso wenig wie die Geräusche der Wellen oder der Möwen oder der ewigen Winde.

Es gab viel zu tun an dem Haus und viel aufzuwenden, aber mit einer gewissen mäuschenhaften Courage tat sie beides. Sie ließ eine Zentralheizung und doppelte Fensterscheiben installieren. Die Küche wurde mit Kiefernschränken neu eingerichtet, und hellgrüne Badezimmerfliesen ersetzten die alten, angeschlagenen weißen. Die hübschesten und kleinsten Möbelstücke aus dem alten Edinburgher Haus wurden ausgesucht und mit einem großen Lastwagen nach Kilmoran verfrachtet, zusammen mit dem Porzellan, dem Silber, den vertrauten Bildern. Aber sie kaufte neue Teppiche und Vorhänge und ließ die Wände neu tapezieren und die Holzbalken strahlend weiß streichen.

Was den Garten anging – sie hatte nie einen Garten besessen. Jetzt kaufte sie Bücher und studierte sie abends im Bett, und sie pflanzte Steinbrech und Ehrenpreis, Thymian und Lavendel, und sie kaufte einen kleinen Rasenmäher und mähte eigenhändig das raue, büschelige Gras.

Über den Garten lernte sie zwangsläufig ihre Nachbarn kennen. Rechter Hand wohnten Mitchells, ein älteres Rentnerehepaar. Sie plauderten über die Gartenmauer hinweg, und eines Tages lud Mrs. Mitchell Miss Cameron zum Abendessen und zum Bridgespiel ein. Behutsam wurden sie und Miss Cameron Freunde, aber es waren altmodische, förmliche Leute. Sie boten Miss Cameron nicht an, sich gegenseitig beim Vornamen zu nennen, und sie war zu schüchtern, es von sich aus vorzuschlagen. Als sie darüber nachsann, wurde ihr klar, dass Dorothy jetzt der einzige Mensch war, der ihren Vornamen kannte. Es war traurig, wenn die Leute nicht mehr merkten, dass man einen Vornamen hatte. Es bedeutete, dass man langsam alt wurde.

Die Nachbarn zur Linken waren jedoch aus ganz anderem Holz geschnitzt. Sie bewohnten ihr Haus nicht dauernd, sondern benutzten es nur an Wochenenden und in den Ferien.

«Sie heißen Ashley», hatte Mrs. Mitchell am Abendbrottisch erklärt, als Miss Cameron ein paar diskrete Fragen über das verriegelte Haus mit den geschlossenen Fensterläden auf der anderen Seite ihres Gartens stellte. «Er ist Architekt, hat in Edinburgh ein Büro. Es wundert mich, dass Sie nicht von ihm gehört haben, wo Sie doch Ihr ganzes Leben dort verbracht haben. Ambrose Ashley. Er hat eine um viele Jahre jüngere Frau geheiratet, sie war Malerin, glaube ich, und sie haben eine Tochter. Scheint ein nettes Mädchen zu sein ... Nehmen Sie doch noch Quiche, Miss Cameron, oder etwas Salat?»

Es war Ostern, als die Ashleys auftauchten. Der Karfreitag war kalt und strahlend, und als Miss Cameron in den Garten ging, hörte sie über die Mauer hinweg Stimmen, und sie blickte zum Haus hinüber. Läden und Fenster waren offen. Ein rosa Vorhang flatterte im Wind. Eine junge Frau erschien an einem Fenster im oberen Stockwerk, und eine Sekunde lang sahen sie und Miss Cameron sich ins Gesicht. Miss Cameron wurde verlegen. Sie machte kehrt und eilte ins Haus. Wie schrecklich, wenn sie dächten, dass ich spioniere.

Später jedoch, beim Unkrautjäten, hörte sie ihren Namen, und da war die junge Frau wieder und sah sie über die Mauer hinweg an. Sie hatte ein rundes, sommersprossiges Gesicht, dunkelbraune Augen und rötliche Haare, üppig, dicht und windzerzaust.

Miss Cameron erhob sich von den Knien und überquerte den Rasen. Unterwegs zog sie die Gartenhandschuhe aus.

«Ich bin Frances Ashley ...» Sie gaben sich über die Mauer die Hand. Aus der Nähe stellte Miss Cameron fest, dass sie nicht so jung war, wie sie ihr anfangs erschien. Sie hatte feine Fältchen um Augen und Mund, und die flammenden Haare waren vielleicht nicht ganz natürlich, aber ihr Gesichtsausdruck war so offen, und sie strahlte eine solche Vitalität aus, dass Miss Cameron ihre Schüchternheit ein wenig überwand und sich alsbald ganz unbefangen fühlte.

Die dunklen Augen schweiften über Miss Camerons Garten. «Meine Güte, müssen Sie geschuftet haben. Alles ist jetzt so hübsch und gepflegt. Haben Sie Sonntag etwas vor? Ostersonntag? Wir wollen nämlich im Garten grillen, wenn es nicht in Strömen gießt. Kommen Sie doch auch, falls Sie nichts gegen ein Picknick haben.»

«Oh. Sehr liebenswürdig.» Miss Cameron war noch nie auf ein Grillfest eingeladen worden. «Ich ... ich denke, ich komme sehr gerne.»

«Gegen viertel vor eins. Sie können über die Kaimauer kommen.»

«Ich freue mich sehr darauf.»

An den folgenden Tagen stellte sie fest, dass das Leben, wenn die Ashleys nebenan wohnten, ganz anders war als ohne sie. Zum einen war es viel lauter, aber es war ein angenehmer Lärm. Rufende Stimmen, Gelächter und Musik, die durch die offenen Fenster schwebte. Miss Cameron, die sich auf «Hard Rock» oder wie immer das hieß, gefasst gemacht hatte, erkannte Vivaldi, und Freude erfüllte sie. Sie erhaschte ab und zu einen Blick auf die übrigen Mitglieder der kleinen Familie. Der Vater, sehr groß und schlank und vornehm, mit silbernen Haaren, und die Tochter, die so rothaarig war wie ihre Mutter und deren Beine in den verblichenen Jeans endlos lang aussahen. Sie hatten auch Freunde bei sich wohnen (Miss Cameron fragte sich, wie sie die alle unterbrachten), und nachmittags ergossen sich alle in den Garten und bevölkerten den Strand. Sie spielten alberne Ballspiele, und Mutter und Tochter mit den roten Haaren sahen aus wie Schwestern, wenn sie barfuß über den Sand sausten.

Der Ostersonntag war hell und sonnig, obwohl ein scharfer, kalter Wind ging und auf dem Kamm der Lammermuir-Hügel noch Schneereste zu sehen waren. Miss Cameron ging zur Kirche, und als sie nach Hause kam, vertauschte sie Sonntagsmantel und -rock mit Sachen, die sich besser für ein Picknick eigneten. Eine lange Hose hatte sie nie besessen, aber sie fand einen bequemen Rock, einen warmen Pullover und einen winddichten Anorak. Sie schloss ihre Haustür ab, ging durch den Garten an der Kaimauer entlang und durch das Tor in den Garten der Ashleys. Rauch blies von dem frisch angezündeten Grillfeuer herüber, und auf dem kleinen Rasen drängten sich schon Menschen jeden Alters; manche saßen auf Gartenstühlen oder lagerten auf Decken. Alle waren sehr ausgelassen und benahmen sich, als würden sie sich gut kennen, und eine Sekunde lang wurde Miss Cameron von Schüchternheit übermannt und wünschte, sie wäre nicht gekommen. Dann aber stand plötzlich Ambrose Ashley neben ihr, eine Röstgabel mit einem aufgespießten verbrannten Würstchen in der Hand.

«Miss Cameron. Wie schön, Sie kennen zu lernen. Nett von Ihnen, dass Sie gekommen sind. Frohe Ostern. Kommen Sie, Sie müssen die Leute kennen lernen. Frances! Miss Cameron ist da. Wir haben die Mitchells auch eingeladen, aber sie sind noch nicht hier. Frances, wie können wir den Rauch abstellen? Dieses Würstchen kann ich höchstens einem Hund anbieten.»

Frances lachte. «Dann such dir einen Hund und gib's ihm, und dann fang nochmal von vorne an …», und plötzlich lachte Miss Cameron auch, weil er so herrlich komisch aussah mit seinem offenen Gesicht und dem verbrannten Würstchen. Dann bot ihr jemand einen Stuhl an, und jemand anders gab ihr ein Glas Wein. Sie setzte gerade dazu an, diesem Jemand zu sagen, wer sie war und wo sie wohnte, als sie unterbrochen und ihr ein Teller mit Essen gereicht wurde. Sie blickte auf, in das Gesicht der Ashley-Tochter. Die dunklen Augen hatte sie von ihrer Mutter, aber das Lächeln war das aufmunternde Grinsen ihres Vaters. Sie konnte nicht älter als zwölf sein, aber Miss Cameron, die während ihrer Jahre als Lehrerin unzählige Mädchen hatte heranwachsen sehen, erkannte auf Anhieb, dass dieses Kind eine Schönheit werden würde.

«Möchten Sie was essen?»

«Liebend gerne.» Sie sah sich nach etwas um, wo sie ihr Glas abstellen könnte, dann stellte sie es ins Gras. Sie nahm den

Teller, die Papierserviette, Messer und Gabel. «Danke. Ich weiß gar nicht, wie du heißt.»

«Ich bin Bryony. Dieses Steak ist in der Mitte rosig gebraten, hoffentlich mögen Sie es so.»

«Köstlich», sagte Miss Cameron, die ihre Steaks gerne gut durchgebraten mochte.

«Und auf der gebackenen Kartoffel ist Butter. Ich hab sie draufgetan, damit Sie nicht aufstehen müssen.» Sie lächelte und verschwand, um ihrer Mutter zu helfen.

Miss Cameron, bemüht, mit Messer und Gabel zu balancieren, wandte sich wieder an ihren Nachbarn. «So ein hübsches Kind.»

«Ja, sie ist ein Schatz. Jetzt hole ich Ihnen noch ein Glas Wein, und dann müssen Sie mir alles über Ihr faszinierendes Haus erzählen.»

Es war eine herrliche Party, und sie war nicht vor sechs Uhr zu Ende. Als es Zeit zu gehen war, war die Flut so hoch, dass Miss Cameron keine Lust hatte, an der Kaimauer entlangzugehen, und sie kehrte auf dem üblichen Weg nach Hause zurück, via Haustüren und Bürgersteig. Ambrose Ashley begleitete sie. Als sie ihre Tür aufgeschlossen hatte, dankte sie ihm.

«So eine reizende Party. Es hat mir gefallen. Ich komme mir ganz bohemienhaft vor, so viel Wein am helllichten Tag. Und wenn Sie das nächste Mal hier sind, hoffe ich, dass Sie alle zu mir zum Essen kommen. Vielleicht mittags.»

«Herzlich gerne, aber jetzt werden wir erst mal eine ganze Weile nicht hier sein. Ich habe einen Lehrauftrag an einer

Universität in Texas. Wir gehen im Juli rüber, machen zuerst ein bisschen Urlaub, und im Herbst fange ich zu arbeiten an. Bryony kommt mit. Sie wird in den USA zur Schule gehen.»

«Ein wunderbares Erlebnis für Sie alle!»

Er lächelte sie an, und sie sagte: «Ich werde Sie vermissen.»

Das Jahr verging. Nach dem Frühling kam der Sommer, der Herbst, der Winter. Es stürmte, und der Steinbrech der Ashleys wurde von der Mauer geweht, weshalb Miss Cameron mit Gärtnerdraht und Drahtschere nach nebenan ging und ihn festband. Es wurde wieder Ostern, es wurde Sommer, aber die Ashleys erschienen noch immer nicht. Erst Ende August kamen sie zurück. Miss Cameron war einkaufen gewesen und hatte in der Bücherei ihr Buch umgetauscht. Sie bog am Ende der Straße um die Ecke und sah das Auto der Ashleys vor der Tür stehen, und lächerlicherweise tat ihr Herz einen Sprung. Sie trat ins Haus, stellte ihren Korb auf den Küchentisch und ging geradewegs in den Garten. Und dort, jenseits der Mauer, war Mr. Ashley und versuchte, das raue, wuchernde Gras mit einer Sense zu mähen. Er blickte auf, sah sie und hielt mitten im Schwung inne. «Miss Cameron.» Er legte die Sense hin, kam herüber und gab ihr die Hand.

«Sie sind wieder da.» Sie konnte ihre Freude kaum zurückhalten.

«Ja. Wir sind länger geblieben, als wir vorhatten. Wir haben so viele Freunde gewonnen, und es gab so viel zu sehen und zu tun. Es war für uns alle ein wunderbares Erlebnis. Aber jetzt sind wir wieder in Edinburgh, und der Alltag hat mich wieder.»

«Wie lange bleiben Sie hier?»

«Leider nur ein paar Tage. Ich werde die ganze Zeit brauchen, um dem Gras beizukommen ...»

Aber Miss Camerons Aufmerksamkeit wurde durch eine Bewegung beim Haus abgelenkt. Die Tür ging auf, und Frances Ashley kam heraus und die Treppe hinunter auf sie zu. Nach sekundenlangem Zögern lächelte Miss Cameron und sagte: «Schön, dass Sie zurück sind. Ich freue mich so, Sie beide wiederzusehen.»

Sie hoffte sehr, dass sie das Zögern nicht bemerkt hatten. Sie wollte auf gar keinen Fall, dass sie auch nur ahnten, wie erschrocken und erstaunt sie gewesen war. Denn Frances Ashley war wundersamerweise sichtlich schwanger aus Amerika zurückgekehrt.

«Sie bekommt noch ein Baby», sagte Mrs. Mitchell. «Nach so langer Zeit. Sie bekommt noch ein Baby.»

«Es gibt keinen Grund, weswegen sie nicht noch ein Baby bekommen sollte», sagte Miss Cameron matt. «Ich meine, wenn sie es will.»

«Aber Bryony muss jetzt vierzehn sein.»

«Das spielt keine Rolle.»

«Nein, es spielt keine Rolle ... es ist nur ... nun ja, ziemlich ungewöhnlich.»

Die zwei Damen verbrachten einen Moment in einmütigem Schweigen.

Nach einer Weile meinte Mrs. Mitchell vorsichtig: «Sie ist schließlich nicht mehr die Jüngste.»

«Sie sieht sehr jung aus», sagte Miss Cameron.

«Ja, sie sieht jung aus, aber sie muss mindestens achtunddreißig sein. Sicher, das ist jung, wenn man in die Jahre kommt wie wir. Aber es ist nicht jung, wenn man ein Baby bekommt.»

Miss Cameron hatte nicht gewusst, dass Mrs. Ashley achtunddreißig war. Manchmal, wenn sie mit ihrer langbeinigen Tochter im Sand war, sahen sie gleich alt aus. Sie sagte: «Es wird bestimmt gut gehen», aber es klang selbst in ihren eigenen Ohren nicht recht überzeugt.

«Ja, sicher», sagte Mrs. Mitchell. Ihre Blicke trafen sich, dann sahen beide rasch weg.

Und jetzt war es mitten im Winter und wieder Weihnachten, und Miss Cameron war allein. Wenn die Mitchells hier gewesen wären, hätte sie sie vielleicht für morgen zum Mittagessen eingeladen, aber sie waren verreist, um die Feiertage bei ihrer verheirateten Tochter in Dorset zu verbringen. Ihr Haus stand leer. Das Haus der Ashleys dagegen war bewohnt. Sie waren vor ein paar Tagen aus Edinburgh gekommen, aber Miss Cameron hatte nicht mit ihnen gesprochen. Sie fand, dass sie es tun sollte, aber aus einem obskuren Grund war es im Winter schwerer, Kontakt zu knüpfen. Man konnte nicht lässig über die Gartenmauer hinweg plaudern, wenn die Leute drinnen blieben, beim Feuer und mit zugezogenen Vorhängen. Und sie war zu schüchtern, sich einen Anlass auszudenken, um an ihre

Tür zu klopfen. Hätte sie sie besser gekannt, so würde sie ihnen Weihnachtsgeschenke gekauft haben, aber wenn sie dann nichts für sie hätten, könnte es peinlich werden. Zudem war da Mrs. Ashleys Schwangerschaft, die machte die Sache noch komplizierter. Gestern hatte Miss Cameron sie beim Wäscheaufhängen erspäht, und es sah so aus, als könnte das Baby jeden Moment kommen.

Am Nachmittag unternahmen Mrs. Ashley und Bryony einen Spaziergang am Strand. Sie gingen langsam, rannten nicht um die Wette wie sonst. Mrs. Ashley trug Gummistiefel und zockelte müde, schwerfällig, als werde sie nicht nur von dem Gewicht des Babys niedergedrückt, sondern von allen Sorgen der Welt. Sogar ihre roten Haare schienen ihre Spannkraft verloren zu haben. Bryony verlangsamte ihren Schritt, um sich ihrer Mutter anzupassen, und als sie von ihrem kleinen Ausflug zurückkehrten, hielt sie ihre Mutter am Arm und stützte sie.

Ich darf nicht an sie denken, sagte sich Miss Cameron brüsk. Ich darf nicht zu einer alten Dame werden, die sich in alles einmischt, die ihre Nachbarn beobachtet und Geschichten über sie erfindet. Es geht mich nichts an.

Heiligabend. Zu Festtagsstimmung entschlossen, stellte Miss Cameron ihre Weihnachtskarten auf dem Kaminsims auf und füllte eine Schale mit Stechpalmenzweigen; sie holte Holzscheite herein und putzte das Haus, und am Nachmittag machte sie einen ausgedehnten Strandspaziergang. Als sie nach Hause kam, war es dunkel, ein seltsamer, bewölkter Abend, ein stürmischer Wind wehte von Westen. Sie zog die Vorhänge zu und machte Tee. Sie hatte sich gerade hingesetzt, die Knie nahe am flackernden Feuer, als das Telefon klingelte. Sie stand auf, nahm ab und hörte zu ihrer Verwunderung eine Männerstimme. Es war Ambrose Ashley von nebenan.

Er sagte: «Sie sind da.»

«Natürlich.»

«Ich komme rüber.»

Er legte auf. Eine Minute später läutete es an der Haustür, und sie ging aufmachen. Er stand auf dem Bürgersteig, aschfahl, fleischlos wie ein Skelett.

Sie fragte sogleich: «Was ist passiert?»

«Ich muss Frances nach Edinburgh ins Krankenhaus bringen.»

«Kommt das Baby?»

«Ich weiß nicht. Sie fühlt sich seit gestern nicht wohl. Ich mache mir Sorgen. Ich habe unseren Arzt angerufen, und er sagt, ich soll sie sofort hinbringen.»

«Wie kann ich helfen?»

«Deswegen bin ich hier. Könnten Sie herüberkommen und bei Bryony bleiben? Sie möchte mit uns fahren, aber ich möchte sie lieber nicht mitnehmen und will sie nicht allein lassen.»

«Selbstverständlich.» Trotz ihrer Besorgnis wurde es Miss Cameron ganz warm ums Herz. Sie brauchten ihre Hilfe. Sie waren zu ihr gekommen. «Aber ich finde, sie sollte lieber zu mir kommen. Es wäre womöglich leichter für sie.»

«Sie sind ein Engel.»

Er ging in sein Haus zurück. Gleich darauf kam er wieder heraus, den Arm um seine Frau gelegt. Sie gingen zum Auto, und er half ihr sachte hinein. Bryony folgte mit dem Koffer ihrer Mutter. Sie trug ihre Jeans und einen dicken weißen

Pullover, und als sie sich ins Auto beugte, um ihre Mutter zu umarmen und ihr einen Kuss zu geben, spürte Miss Cameron einen Kloß in ihrer Kehle. Vierzehn, das wusste sie aus langjähriger Erfahrung, konnte ein unmögliches Alter sein. Alt genug, um zu begreifen, doch nicht alt genug, um praktische Hilfe zu leisten. Im Geiste sah sie Bryony und ihre Mutter zusammen über den Sand laufen, und sie fühlte tiefes Mitleid mit dem Kind.

Der Wagenschlag wurde geschlossen. Mr. Ashley gab seiner Tochter noch rasch einen Kuss. «Ich ruf an», sagte er zu ihnen beiden, dann setzte er sich hinters Lenkrad. Minuten später war das Auto verschwunden, das rote Rücklicht von der Dunkelheit verschluckt. Miss Cameron und Bryony standen allein auf dem Bürgersteig im Wind.

Bryony war gewachsen. Sie war jetzt fast so groß wie Miss Cameron, und sie war es, die als Erste sprach. «Haben Sie was dagegen, wenn ich mit Ihnen reinkomme?» Ihre Stimme war beherrscht, kühl.

Miss Cameron beschloss, es ihr gleichzutun. «Keineswegs», erwiderte sie.

«Ich schließe bloß das Haus ab und stelle ein Schutzgitter vors Feuer.»

«Tu das. Ich warte auf dich.»

Als sie kam, hatte Miss Cameron Holz nachgelegt, eine frische Kanne Tee gemacht, eine zweite Tasse nebst Untertasse aufgedeckt, dazu eine Packung Schokoladenplätzchen. Bryony setzte sich auf den Kaminvorleger, die Knie ans Kinn gezogen, die langen Finger um die Teetasse gelegt, als dürste sie nach Wärme.

Miss Cameron sagte: «Du musst versuchen, dich nicht zu ängstigen. Ich bin sicher, dass alles gut geht.»

Bryony sagte: «Eigentlich hat sie das Baby gar nicht gewollt. Als es anfing, waren wir in Amerika, und sie meinte, sie wäre zu alt zum Kinderkriegen. Aber dann hat sie sich an den Gedanken gewöhnt und wurde ganz aufgeregt deswegen, und wir haben in New York Kleider und so gekauft. Aber letzten Monat wurde alles ganz anders. Sie scheint so müde und … beinahe ängstlich.»

«Ich habe nie ein Kind gehabt», sagte Miss Cameron, «daher weiß ich nicht, wie einem dabei zumute ist. Aber ich kann mir vorstellen, es ist eine sehr empfindsame Zeit. Und man kann nichts dafür, wie man sich fühlt. Es hat keinen Sinn, wenn einem andere Leute sagen, man darf nicht deprimiert sein.»

«Sie sagt, sie ist zu alt. Sie ist fast vierzig.»

«Meine Mutter war vierzig, bevor ich auf die Welt kam. Ich war ihr erstes und einziges Kind. Und mir fehlt nichts, und meiner Mutter hat auch nichts gefehlt.»

Bryony blickte auf; ihr Interesse war geweckt. «Tatsächlich? Hat es Ihnen nichts ausgemacht, dass sie so alt war?»

Miss Cameron befand, dass die reine Wahrheit ausnahmsweise nicht angebracht war. «Nein, überhaupt nicht. Und bei eurem Baby wird es anders sein, weil du da bist. Ich kann mir nichts Schöneres denken, als eine Schwester zu haben, die vierzehn Jahre älter ist als man selbst. Ganz so, als hätte man die allerbeste Tante auf der Welt.»

«Das Schreckliche ist», sagte Bryony, «es würde mir nicht so viel ausmachen, wenn dem Baby was passiert. Aber ich könnte es nicht ertragen, wenn Mutter was zustieße.»

Miss Cameron klopfte ihr auf die Schulter. «Ihr wird nichts passieren. Denk nicht daran. Die Ärzte werden alles für sie tun.» Es schien ihr an der Zeit, über etwas anderes zu sprechen. «Hör zu, es ist Heiligabend. Im Fernsehen bringen sie Weihnachtslieder. Möchtest du sie hören?»

«Nein, wenn es Ihnen nichts ausmacht. Ich will nicht an Weihnachten denken, und ich will nicht fernsehen.»

«Was möchtest du denn gerne tun?»

«Einfach bloß reden.»

Miss Cameron war verzagt. «Reden. Worüber sollen wir reden?»

«Vielleicht über Sie?»

«Über mich?» Sie musste unwillkürlich lachen. «Meine Güte, so ein langweiliges Thema. Eine alter Jungfer, praktisch in der zweiten Kindheit!»

«Wie alt sind Sie?», fragte Bryony so unbefangen, dass Miss Cameron es ihr sagte. «Aber achtundfünfzig ist nicht alt! Bloß ein Jahr älter als mein Vater, und er ist jung. Zumindest denke ich das immer.»

«Ich fürchte, ich bin trotzdem nicht sehr interessant.»

«Ich finde, jeder Mensch ist interessant. Und wissen Sie, was meine Mutter gesagt hat, als sie Sie das erste Mal sah? Sie sagte, Sie haben ein schönes Gesicht, und sie würde Sie gerne zeichnen. Na, ist das ein Kompliment?»

Miss Cameron errötete vor Freude. «O ja, das ist sehr erfreulich ...»

«Und jetzt erzählen Sie mir von sich. Warum haben Sie dieses Haus gekauft? Warum sind Sie *hierher* gezogen?»

Und Miss Cameron, sonst so zurückhaltend und still, begann verlegen zu reden. Sie erzählte Bryony von jenen ersten Ferien in Kilmoran, vor dem Krieg, als die Welt jung und unschuldig war und man für einen Penny ein Hörnchen Eis kaufen konnte. Sie erzählte Bryony von ihren Eltern, ihrer Kindheit, dem alten, großen Haus in Edinburgh. Sie erzählte ihr vom Studium und wie sie ihre Freundin Dorothy kennen gelernt hatte, und auf einmal war diese ungewohnte Flut von Erinnerungen keine Qual mehr, sondern eine Erleichterung. Es war angenehm, an die altmodische Schule zurückzudenken, wo sie so viele Jahre unterrichtet hatte, und sie war imstande, kühl und sachlich über die trübe Zeit zu sprechen, bevor ihr Vater schließlich starb.

Bryony hörte so aufmerksam zu, als würde Miss Cameron ihr von einem erstaunlichen persönlichen Abenteuer berichten. Und als sie zu dem Testament des alten Mr. Cameron kam und erzählte, dass er sie so wohl versorgt zurückgelassen hatte, da konnte Bryony nicht an sich halten.

«Oh, das ist phantastisch. Genau wie im Märchen. Zu schade, dass kein schöner weißhaariger Prinz aufkreuzt und um Ihre Hand anhält.»

Miss Cameron lachte. «Für so etwas bin ich ein bisschen zu alt.»

«Schade, dass Sie nicht geheiratet haben. Sie wären eine phantastische Mutter gewesen. Oder wenn Sie wenigstens Geschwister gehabt hätten, dann hätten Sie denen so eine phantastische Tante sein können!» Sie sah sich zufrieden in dem kleinen Wohnzimmer um. «Das ist genau richtig für Sie, nicht? Dieses Haus muss auf Sie gewartet haben, es hat gewusst, dass Sie hierher ziehen würden.»

«Das ist eine fatalistische Einstellung.»

«Ja, aber eine positive. Ich bin in allem schrecklich fatalistisch.»

«Das darfst du nicht. Hilf dir selbst, so hilft dir Gott.»

«Ja», sagte Bryony, «ja, das mag wohl sein.»

Sie verstummten. Ein Holzscheit brach und sackte in sich zusammen, und als Miss Cameron sich vorbeugte, um ein neues nachzulegen, schlug die Uhr auf dem Kaminsims halb acht. Sie waren beide erstaunt, dass es schon so spät war, und auf einmal fiel Bryony ihre Mutter ein.

«Ich möchte wissen, was los ist.»

«Dein Vater wird anrufen, sobald er uns etwas zu sagen hat. In der Zwischenzeit sollten wir das Teegeschirr abwaschen und überlegen, was es zum Abendessen gibt. Was hättest du gerne?»

«Am allerliebsten Tomatensuppe aus der Dose und Eier mit Speck.»

«Das wäre mir auch am allerliebsten. Gehen wir in die Küche.»

Der Anruf kam nicht vor halb zehn. Mrs. Ashley lag in den Wehen. Es ließ sich nicht sagen, wie lange es dauern würde, aber Mr. Ashley wollte im Krankenhaus bleiben.

«Ich behalte Bryony über Nacht hier», sagte Miss Cameron bestimmt. «Sie kann in meinem Gästezimmer schlafen. Und ich habe ein Telefon am Bett, Sie können ohne weiteres jederzeit anrufen, sobald Sie etwas wissen.»

«Mach ich.»

«Möchten Sie Bryony sprechen?»

«Bloß gute Nacht sagen.»

Miss Cameron verzog sich in die Küche, während Vater und Tochter telefonierten. Als sie das Klingeln beim Auflegen des Hörers hörte, ging sie nicht in die Diele, sondern machte sich am Spülbecken zu schaffen, füllte Wärmflaschen und wienerte das ohnehin makellos saubere Abtropfbrett. Sie rechnete halbwegs mit Tränen, als Bryony zu ihr kam, doch Bryony war gefasst und tränenlos wie immer.

«Er sagt, wir müssen einfach abwarten. Haben Sie was dagegen, wenn ich bei Ihnen übernachte? Ich kann nach nebenan gehen und meine Zahnbürste und meine Sachen holen.»

«Ich möchte, dass du bleibst. Du kannst in meinem Gästezimmer schlafen.»

Schließlich ging Bryony ins Bett, mit einer Wärmflasche und einem Becher warmer Milch. Miss Cameron ging ihr gute Nacht sagen, aber sie war zu schüchtern, um ihr einen Kuß zu geben. Bryonys flammend rote Haare waren wie rote Seide auf Miss Camerons bestem Leinenkissenbezug ausgebreitet, und sie hatte außer ihrer Zahnbürste einen bejahrten Teddy mitgebracht. Er hatte eine fadenscheinige Nase und nur ein Auge. Als Miss Cameron eine halbe Stunde später selbst zu Bett ging, warf sie einen Blick ins Gästezimmer und sah, dass Bryony fest schlief.

Miss Cameron legte sich ins Bett, aber der Schlaf wollte nicht so leicht kommen. Ihr Hirn schien aufgezogen von Erinnerungen an Menschen und Ortschaften, an die sie seit Jahren nicht mehr gedacht hatte.

Ich finde, jeder Mensch ist interessant, hatte Bryony gesagt, und Miss Cameron wurde es warm ums Herz vor lauter Hoffnung für den Zustand der Welt. So schlimm konnte es nicht bestellt sein, wenn es noch junge Menschen gab, die so dachten.

Sie sagte, Sie haben ein schönes Gesicht. Vielleicht, dachte sie, tu ich nicht genug. Ich habe mich zu sehr in mich selbst zurückgezogen. Es ist egoistisch, nicht mehr an andere Menschen zu denken. Ich muss mehr tun. Ich muss reisen. Nach Neujahr melde ich mich bei Dorothy und frage sie, ob sie mitkommen möchte.

Madeira. Sie könnten nach Madeira fahren. Blauer Himmel und Bougainvillea. Und Jakarandabäume …

Mitten in der Nacht fuhr sie furchtbar erschrocken auf. Es war stockdunkel, es war bitterkalt. Das Telefon klingelte. Sie knipste die Nachttischlampe an, sie sah auf die Uhr. Es war nicht mitten in der Nacht, sondern sechs Uhr morgens. Weihnachtsmorgen. Sie nahm den Hörer ab. «Ja?»

«Miss Cameron? Ambrose Ashley am Apparat …» Er klang erschöpft.

«Oh.» Sie fühlte sich ganz matt. «Erzählen Sie.»

«Ein Junge. Vor einer halben Stunde geboren. Ein niedlicher kleiner Junge.»

«Und Ihre Frau?»

«Sie schläft. Es geht ihr gut.»

Nach einer Weile sagte Miss Cameron: «Ich sag's Bryony.»

«Ich komme heute im Laufe des Vormittags nach Kilmoran – gegen Mittag, denke ich. Ich rufe im Hotel an und gehe mit Ihnen beiden dort essen. Das heißt, wenn Sie Lust haben?»

«Das ist sehr liebenswürdig», sagte Miss Cameron, «äußerst liebenswürdig.»

«Wenn einer liebenswürdig ist, dann Sie», sagte Mr. Ashley.

Ein neugeborenes Baby. Ein neugeborenes Baby am Weihnachtsmorgen. Sie fragte sich, ob sie es Noel nennen würden. Sie stand auf und trat ans offene Fenster. Der Morgen war dunkel und kalt, die Flut hoch, die pechschwarzen Wellen klatschten gegen die Kaimauer. Die eisige Luft roch nach Meer. Miss Cameron sog sie tief ein, und mit einem Mal war sie ungeheuer aufgeregt und von grenzenloser Energie erfüllt. Ein kleiner Junge. Sie sonnte sich in dem Gefühl einer großartigen Leistung, was lächerlich war, weil sie überhaupt nichts geleistet hatte.

Als sie angezogen war, ging sie hinunter, um Wasser aufzusetzen. Sie deckte ein Teetablett für Bryony und stellte zwei Tassen und Untertassen darauf.

Ich sollte ein Geschenk für sie haben, sagte sie sich. *Es ist Weihnachten, und ich habe nichts für sie.* Aber sie wusste, dass sie Bryony zusammen mit dem Teetablett das schönste Geschenk bringen würde, das sie je bekommen hatte.

Es war jetzt kurz vor sieben. Sie ging nach oben in Bryonys Zimmer, stellte das Tablett auf den Nachttisch und knipste die Lampe an. Sie zog die Vorhänge auf. Bryony rührte sich im Bett. Miss Cameron setzte sich zu ihr und nahm ihre Hand. Der Teddy lugte hervor, seine Ohren lagen unter Bryonys Kinn. Bryony schlug die Augen auf. Sie sah Miss Cameron dasitzen, und sogleich weiteten sich ihre Augen vor Sorge.

Miss Cameron lächelte. «Frohe Weihnachten.»

«Hat mein Vater angerufen?»

«Du hast ein Brüderchen, und deine Mutter ist wohlauf.»

«Oh ...» Es war zu viel. Erleichterung öffnete die Schleusentore, und Bryonys sämtliche Ängste lösten sich in einem Tränenstrom. «Oh ...» Ihr Mund wurde eckig wie der eines plärrenden Kindes, und Miss Cameron konnte es nicht ertragen. Sie konnte sich nicht erinnern, wann sie zuletzt eine zärtliche körperliche Berührung mit einem anderen Menschen hatte, aber nun nahm sie das weinende Mädchen in die Arme. Bryony schlang ihre Arme um Miss Camerons Hals und hielt sie so fest, dass sie dachte, sie würde ersticken. Sie fühlte die dünnen Schultern unter ihren Händen; die nasse, tränenüberströmte Wange drückte sich gegen ihre.

«Ich dachte ... ich dachte, es würde etwas Schreckliches passieren. Ich dachte, sie würde sterben.»

«Ich weiß», sagte Miss Cameron, «ich weiß.»

Es dauerte ein Weilchen, bis sich beide gefasst hatten. Aber schließlich war es vorbei, die Tränen waren abgewischt, die Kissen aufgeschüttelt, der Tee eingeschenkt, und sie konnten von dem Baby sprechen.

«Es ist bestimmt was ganz Besonderes, am Weihnachtstag geboren zu sein», sagte Bryony. «Wann werde ich ihn sehen?»

«Ich weiß nicht. Dein Vater wird es dir sagen.»

«Wann kommt er?»

«Er wird zur Mittagszeit hier sein. Wir gehen alle ins Hotel, Truthahnbraten essen.»

«Oh, prima. Ich bin froh, dass Sie mitkommen. Was machen wir, bis er kommt? Es ist erst halb acht.»

«Es gibt eine Menge zu tun», sagte Miss Cameron. «Wir machen uns ein Riesenfrühstück, zünden ein Riesenweihnachtsfeuer an – wenn du magst, können wir in die Kirche gehen.»

«O ja. Und Weihnachtslieder singen. Jetzt hab ich nichts mehr dagegen, an Weihnachten zu denken. Ich mochte bloß gestern Abend nicht dran denken.» Dann sagte sie: «Ist es wohl möglich, dass ich ein schönes heißes Bad nehme?»

«Du kannst machen, wozu du Lust hast.» Sie stand auf, nahm das Teetablett und ging damit zur Tür. Aber als sie die Tür öffnete, sagte Bryony: «Miss Cameron», und sie drehte sich um.

«Sie waren gestern Abend so lieb zu mir. Vielen, vielen Dank. Ich weiß nicht, was ich ohne Sie gemacht hätte.»

«Ich fand es schön, dich hier zu haben», sagte Miss Cameron aufrichtig. «Ich habe mich gerne mit dir unterhalten.» Sie zögerte. Ihr war soeben ein Gedanke gekommen. «Bryony, nach allem, was wir zusammen durchgemacht haben, meine ich, du solltest nicht mehr Miss Cameron zu mir sagen. Das klingt so schrecklich förmlich, und das haben wir doch ein für alle Mal hinter uns, nicht?»

Bryony blickte ein wenig verwundert drein, aber nicht im Mindesten verstört.

«In Ordnung. Wenn Sie es sagen. Aber wie soll ich Sie denn nennen?»

«Mein Name», sagte Miss Cameron und lächelte, weil es wirklich ein sehr hübscher Name war, «ist Isobel.»

Das Haus auf dem Hügel

✳

Das Dorf war winzig klein. In den zehn Jahren seines Lebens hatte Oliver noch keine so klitzekleine Ortschaft gesehen. Sechs graue Häuser aus Granit, eine Wirtschaft, eine alte Kirche, ein Pfarrhaus und ein kleiner Laden. Vor diesem parkte ein verbeulter Lieferwagen, irgendwo bellte ein Hund, doch davon abgesehen schien alles wie ausgestorben.

Mit dem Korb und Sarahs Einkaufsliste in der Hand öffnete er die Ladentür, über der JAMES THOMAS, LEBENSMITTEL UND TABAKWAREN geschrieben stand, und ging hinein, zwei Stufen hinab. Die zwei Männer an der Theke, der eine davor, der andere dahinter, drehten sich nach ihm um.

Er schloss die Tür hinter sich. «Kleinen Moment», sagte der Mann hinter der Theke, vermutlich James Thomas, ein kleiner, glatzköpfiger Herr in einer braunen Strickjacke. Er sah wie ein ganz gewöhnlicher Mensch aus. Der andere Mann hingegen, der eingekauft und nun eine Unmenge Lebensmittel zu bezahlen hatte, war nicht im Mindesten gewöhnlich, sondern so groß, dass er sich im Stehen leicht bücken musste, um nicht mit dem Kopf an die Deckenbalken zu stoßen. Er trug eine

Lederjacke, geflickte Jeans und riesengroße Arbeiterstiefel, er hatte rote Haare und einen ebenso roten Bart. Oliver, der wusste, dass es sich nicht gehörte, Menschen anzustarren, starrte ihn an, und der Mann starrte aus einem Paar hellblauer, harter Augen ungerührt zurück. Es war verstörend: Oliver versuchte ein zaghaftes Lächeln, aber das wurde nicht erwidert, und der bärtige Mann sagte kein Wort. Kurz darauf wandte er sich zur Theke und holte ein Bündel Geldscheine aus seiner Gesäßtasche. Mr. Thomas tippte die Preise in die Kasse und gab ihm den Zettel.

«Sieben Pfund fünfzig, Ben.»

Sein Kunde bezahlte, stapelte dann zwei voll beladene Lebensmittelkartons übereinander, hob sie mühelos auf und steuerte auf die Tür zu. Oliver ging hin und hielt sie ihm auf. Auf der Schwelle sah der bärtige Mann auf ihn herunter. «Danke.» Seine Stimme war tief wie ein Gong. Ben. Man konnte ihn sich auf dem Achterdeck eines Piratenschiffes Befehle bellend oder als Angehörigen einer mörderischen Bande von Strandräubern vorstellen. Oliver sah zu, wie er seine Kartons durch die Hecktür in seinem Lieferwagen verstaute, dann auf den Fahrersitz kletterte und den Motor anließ. Mit dröhnendem Auspuff und unter Prasseln von Straßensplitt fuhr das ramponierte Vehikel los. Oliver schloss die Tür und ging in den Laden zurück.

«Womit kann ich dienen, junger Mann?»

Oliver gab ihm die Liste. «Das ist für Mrs. Rudd.»

Mr. Thomas sah ihn lächelnd an. «Dann musst du Sarahs kleiner Bruder sein. Sie hat gesagt, dass du sie besuchen kommst. Wann bist du angekommen?»

«Gestern Abend. Mit dem Zug. Ich bin am Blinddarm operiert, deshalb bleib ich zwei Wochen bei Sarah, bis ich wieder in die Schule muss.»

«Du wohnst in London, nicht?»

«Ja. In Putney.»

«Hier kommst du schnell wieder zu Kräften. Bist das erste Mal hier, wie? Wie gefällt dir das Tal?»

«Es ist schön. Ich bin vom Hof runtergelaufen.»

«Hast du Dachse gesehen?»

«Dachse?» Er wusste nicht, ob Mr. Thomas ihn auf den Arm nahm. «Nein.»

«Geh mal im Zwielicht ins Tal runter, dann kannst du Dachse sehen. Und wenn du die Klippen runtergehst, kannst du die Seehunde beobachten. Wie geht's Sarah?»

«Gut.» Zumindest hoffte er, dass es ihr gut ging. Sie erwartete in zwei Wochen ihr erstes Baby, und er war mächtig erschrocken, als er seine schlanke, hübsche Schwester auf einen so kolossalen Umfang angeschwollen sah. Nicht dass sie nicht trotzdem hübsch wäre. Bloß gewaltig.

«Sicher hilfst du Will auf dem Hof.»

«Ich bin früh aufgestanden und hab ihm beim Melken zugeguckt.»

«Wir machen noch einen Bauern aus dir. So, sehen wir mal nach ... ein Pfund Mehl, ein Glas Pulverkaffee, drei Pfund Zucker ...» Er packte alles in den Korb. «Nicht zu schwer für dich?»

«Nein, das schaff ich schon.» Er bezahlte aus Sarahs Geldbörse und bekam einen Riegel Milchschokolade geschenkt. «Danke schön.»

«Das stärkt dich für den Weg bergauf zum Hof. Pass gut auf.»

Mit dem Korb am Arm verließ Oliver das Dörfchen, überquerte die Hauptstraße und gelangte auf den schmalen Pfad, der sich das Tal hinauf zu Will Rudds Hof wand. Es war ein herrlicher Spaziergang; ein Flüsschen begleitete den Weg, wechselte zuweilen die Seite, sodass hin und wieder eine kleine steinerne Brücke zu überqueren war, wo es sich gut übers Geländer beugen und nach Fischen und Fröschen Ausschau halten ließ. Es war eine offene Heidelandschaft, mit gelbbraunem Farngestrüpp und Stechginster durchsetzt. Die kräftigen Ginsterstämme lieferten den Brennstoff für Sarahs Feuer – neben dem Treibholz, das sie auf ihren Spaziergängen am Meer sammelte. Das Treibholz spuckte und roch nach Teer, aber der Ginster verbrannte sauber zu weiß glühender Asche.

Auf halbem Wege talaufwärts gelangte er zu dem einzeln stehenden Baum. Eine alte Eiche, die ihre Wurzeln in das Ufer des Flüsschens gegraben, den Winden von Jahrhunderten getrotzt und, missgestaltet und verrenkt gewachsen, eine ehrwürdige Reife erreicht hatte. Ihre Zweige waren kahl, die abgefallenen Blätter bedeckten den Erdboden, und als Oliver den Hügel heruntergekommen war, hatte er das Laub mit den Schuhspitzen seiner Gummistiefel hochgeworfen. Als er aber jetzt hinkam, blieb er entsetzt und angewidert stehen, denn mitten zwischen den Blättern lag der Kadaver eines jüngst getöteten Kaninchens, das Fell zerrissen, und aus der Wunde in seinem Bauch quollen grauenhafte rote Eingeweide.

Ein Fuchs vielleicht, mitten in seinem Imbiss aufgeschreckt. Vielleicht lauerte er just in diesem Moment im hohen Farnkraut, mit kalten, gierigen Augen. Oliver schaute sich um, doch nichts rührte sich, nur der Wind, der die Blätter bewegte. Oliver fürchtete sich. Etwas trieb ihn, nach oben zu blicken, und hoch am blassen Novemberhimmel sah er einen Falken schweben, der darauf wartete, herabzustoßen. Schön und todbringend. Das Land war grausam. Tod, Geburt, Überleben waren ringsum. Er beobachtete den Falken ein Weilchen, dann eilte er, einen großen Bogen um das tote Kaninchen schlagend, den Hügel hinauf.

Es war tröstlich, wieder in das Bauernhaus zu kommen, die Stiefel auszuziehen und in die warme Küche zu gehen. Der Tisch war fürs Mittagessen gedeckt, und dort saß Will und las die Zeitung, aber als Oliver erschien, legte er sie beiseite.

«Wir dachten schon, du hast dich verlaufen.»

«Ich hab ein totes Kaninchen gesehen.»

«Die gibt's hier jede Menge.»

«Und einen Falken, der hat gelauert.»

«Ein kleiner Turmfalke. Den hab ich auch gesehen.»

Sarah stand am Herd und schöpfte Suppe in Schalen. Außerdem gab es eine Schüssel mit flockigem Kartoffelbrei und einen Laib Mischbrot. Oliver bestrich eine Scheibe mit Butter, und Sarah setzte sich ihm gegenüber, mit etwas Abstand vom Tisch, wegen ihres Leibesumfangs.

«Hast du den Laden gleich gefunden?»

«Ja, und da war ein Mann, riesengroß, er hatte rote Haare und einen roten Bart. Er hieß Ben.»

«Das ist Ben Fox. Will hat ihm oben auf dem Hügel ein

Häuschen vermietet. Von deinem Zimmerfenster aus kannst du seinen Schornstein sehen.»

Das hörte sich unheimlich an. «Was macht er?»

«Er ist Holzschnitzer. Er hat da oben eine Werkstatt, und er verdient nicht schlecht. Er lebt allein, abgesehen von einem Hund und ein paar Hühnern. Es führt kein Fahrweg zu seinem Haus, deshalb stellt er seinen Lieferwagen unten an der Straße ab und trägt alles, was er braucht, auf dem Rücken nach oben. Manchmal, wenn es was Schweres ist, zum Beispiel ein neuer Grubber, leiht Will ihm den Traktor, dafür hilft er uns, wenn die Schafe lammen oder beim Heumachen.»

Oliver dachte hierüber nach, während er seine Suppe aß. Es hörte sich ganz freundlich und harmlos an, aber damit ließen sich die Kälte in den blauen Augen, die Unfreundlichkeit des Mannes nicht erklären.

«Wenn du magst», sagte Will, «nehm ich dich mit zu ihm rauf. Eine von meinen Kühen hat eine Vorliebe für den Abhang, bei jeder Gelegenheit haut sie mit ihrem Kalb dorthin ab. Sie ist jetzt oben. Seit heute Morgen. Heute Nachmittag muss ich sie zurückholen.»

«Du musst die Mauer reparieren», warf Sarah ein.

«Wir nehmen Pfähle und Zaundraht mit und sehen zu, wie wir's hinkriegen.» Er grinste Oliver an. «Du hast doch Lust, oder?»

Oliver antwortete nicht gleich. Eigentlich fürchtete er sich davor, Ben Fox wieder zu begegnen, und doch zog der Mann ihn an. Außerdem konnte ihm nichts passieren, wenn Will dabei war. Sein Entschluss war gefasst. «Ja, ich hab Lust.» Und Sarah lächelte und schöpfte noch eine Kelle Suppe in seine Schale.

Eine halbe Stunde später brachen sie auf, begleitet von Wills Schäferhund. Oliver trug eine Rolle Zaundraht, Will hatte sich ein paar stämmige Zaunpfähle auf die Schulter geladen. Ein schwerer Hammer zog die Tasche seiner Latzhose nach unten.

Quer über Weiden und Felder stiegen sie zur Heide auf. Am Ende des letzten Feldes kamen sie zu einer Mauerlücke, wo die abtrünnige Kuh in ihrem entschlossenen Bemühen, hindurchzugelangen, mehrere Steine beiseite gestoßen hatte. Hier legte Will Pfähle, Hammer und Draht ab, stieg dann über die Mauer und ging voran in das Gestrüpp aus Farn und Dornensträuchern, das hinter der Mauer lag. Ein schmaler Pfad führte labyrinthartig durchs Unterholz, kaum zu sehen durch die dornigen Ginsterbüsche, doch am Ende kamen sie an den Fuß der großen Steinhaufen, steil wie Klippen, die den Hügel krönten. Zwischen zwei dieser mächtigen Felsblöcke gelangten sie durch eine schmale Schlucht zur Kuppe hinauf, wo die moosige Grasnarbe von mit Flechten bewachsenen Granitsteinen durchsetzt war und die kühle, salzige Luft, die direkt vom Meer her wehte, wohltuend Olivers Lungen füllte. Er sah die See im Norden, die Heide im Süden. Und dann das Häuschen. Sie standen unvermutet davor. Eingeschossig duckte es sich vor den Elementen, in eine natürliche Höhlung des Terrains geschmiegt. Aus dem Schornstein stieg Rauch. Ein kleiner Garten war vorhanden, von einer Trockenmauer geschützt. An der Mauer standen friedlich mampfend Wills Kuh und ihr Kalb.

«Dummes Tier», sagte Will zu ihr. Sie ließen sie grasen und gingen zur Vorderseite des Hauses, wo ein geräumiger Holzschuppen mit einem Wellblechdach stand. Die Tür stand offen, und von drinnen kam das Kreischen einer Kettensäge, dann ein wildes Gebell, und im nächsten Moment schoss ein großer schwarzweißer Hund zu ihnen hinaus; er machte ein beängstigendes Spektakel, aber nicht, wie Oliver erleichtert feststellte, um was noch Schlimmeres zu tun.

Will begrüßte das große Tier. Das Geräusch der Kettensäge verstummte abrupt. Gleich darauf erschien Ben Fox in der Tür.

«Will.» Diese tiefe, brummende Stimme. «Kommst wegen der Kuh, ja?»

«Hoffentlich hat sie keinen Schaden angerichtet.»

«Nicht dass ich wüsste.»

«Ich zäune die Lücke ein.»

«Sie ist unten auf der Weide besser aufgehoben, hier oben könnte sie sich verletzen.» Seine Augen wanderten zu Oliver, der mit erhobenem Gesicht stand und starrte.

«Das ist Sarahs Bruder Oliver», sagte Will.

«Hab ich dich nicht heute Morgen gesehen?»

«Ja. Im Laden.»

«Ich hatte keine Ahnung, wer du warst.» Er wandte sich wieder Will zu. «Tasse Tee gefällig?»

«Wenn du gerade welchen machst.»

«Dann kommt rein.»

Sie folgten ihm durch ein Tor in der Mauer, das er öffnete und hinter ihnen sorgfältig zuklinkte. Der Garten war gepflegt und üppig bepflanzt, mit lauter Gemüse und kleinen Apfelbäumen. Ben Fox zog seine Stiefel aus und ging hinein, indem er seinen mächtigen rothaarigen Kopf unter dem Türsturz duckte, und Will und Oliver zogen ebenfalls ihre Stiefel aus und folgten ihm in ein Zimmer, das so unerwartet war, dass Oliver nur ungläubig staunen konnte. Denn alle Wände waren mit Bücherregalen bedeckt, und jedes Regal war gerammelt voll mit Büchern. Ebenso überraschend waren die Möbel. Ein großes Sofa, ein eleganter Brokatsessel, eine kostspielige Stereoanlage mit Stapeln von Langspielplatten. Überall auf dem schlichten Holzfußboden lagen Teppiche, die Oliver schön fand und für kostbar hielt. Im Kamin brannte ein Feuer, und auf dem Granitsims stand eine erstaunliche Uhr aus Gold und türkisblauer Emaille, deren sich langsam drehender Mechanismus hinter Glas sichtbar war.

Alles war, wenn auch unordentlich, reinlich und tadellos in Schuss, und auch Ben Fox hatte etwas von dieser Reinlichkeit, als er den Elektrokocher mit Wasser füllte und einstöpselte, dann Tassen, einen Krug Milch und eine Zuckerschale holte. Als der Tee fertig war, setzten sich alle drei an den gescheuerten Tisch, und die Männer unterhielten sich, ohne Oliver in ihr Gespräch einzubeziehen. Er saß mucksmäuschenstill und warf zwischen Schlucken glühend heißen Tees verstohlene Blicke auf das Gesicht seines Gastgebers. Er war überzeugt, dass es da ein Geheimnis gab; die ausdruckslosen Augen verwirrten ihn.

Als die Zeit zum Gehen kam, sagte er, der nichts zur Unterhaltung beigetragen hatte: «Danke.» Das Schweigen, das darauf folgte, war verwirrend. Er fügte hinzu: «Für den Tee.»

Es kam kein Lächeln. «Gern geschehen», sagte Ben Fox. Das war alles. Es war Zeit, zu gehen. Sie trieben die Kuh und das Kalb zusammen und machten sich auf den Heimweg. Bevor sie in die schmale Schlucht hinunterstiegen, drehte Oliver sich auf der Hügelkuppe um, um zum Abschied zu winken, aber der bärtige Mann war verschwunden, ebenso sein Hund, und als Oliver Will vorsichtig den steilen Pfad hinab folgte, hörte er, dass das Kreischen der Kettensäge wieder einsetzte ...

Als Will die Lücke in der Mauer einzäunte, fragte Oliver: «Wer ist der Mann?»

«Ben Fox.»

«Weißt du sonst nichts über ihn?»

«Nein, und ich will auch nichts wissen, es sei denn, er erzählt es mir von sich aus. Jeder Mensch hat ein Recht auf sein Privatleben. Warum soll ich mich in seine Angelegenheiten einmischen?»

«Wie lange wohnt er schon hier?»

«Zwei Jahre.»

Er fand es erstaunlich, dass man zwei Jahre mit jemand benachbart sein konnte und trotzdem nichts über ihn wusste.

«Vielleicht ist er ein Verbrecher. Auf der Flucht vor der Polizei. Er sieht aus wie ein Seeräuber.»

«Du darfst einen Menschen nie nach seinem Aussehen beurteilen», ermahnte ihn Will. «Ich weiß nur, dass er Kunsthandwerker ist und anscheinend nicht schlecht verdient. Die Miete bezahlt er regelmäßig. Was soll ich sonst noch über ihn wissen wollen? Jetzt halt mal den Hammer, und ich nehm dieses Ende von dem Draht ...»

Später versuchte Oliver Sarah auszuquetschen, aber sie war auch nicht mitteilsamer als Will.

«Kommt er euch manchmal besuchen?», wollte er wissen.

«Nein. Wir haben ihn Weihnachten eingeladen, aber er sagte, er wäre lieber allein.»

«Hat er Freunde?»

«Keine engen. Aber manchmal kann man ihn samstags abends in der Kneipe sehen, und die Leute scheinen ihn zu mögen ... Er ist nur sehr zurückhaltend.»

«Vielleicht hat er ein Geheimnis.»

Sarah lachte. «Hat das nicht jeder?»

Vielleicht ist er ein Mörder. Der Gedanke schoss ihm durch den Kopf, aber er war zu schrecklich, um ihn auszusprechen. «Er hat das Haus voll mit Büchern und kostbaren Sachen.»

«Ich glaube, er ist ein gebildeter Mann.»

«Vielleicht sind die Sachen gestohlen.»

«Das glaube ich kaum.»

Sie machte ihn wahnsinnig. «Aber Sarah, willst du es denn nicht wissen?»

«Ach, Oliver.» Sie zauste ihm die Haare. «Lass den armen Ben Fox in Frieden.»

Als sie an diesem Abend beim Feuer saßen, kam Wind auf. Zuerst ein sachtes Wimmern und Pfeifen, dann stärker, er brauste durchs Tal, schlug mit kräftigen Stößen an die dicken Mauern des alten Hauses. Fenster klirrten, Vorhänge wehten. Als Oliver ins Bett ging, lauschte er eine Weile ehrfürchtig auf das wütende Stürmen. Hin und wieder ließ der Wind nach, und dann konnte Oliver das Toben der Brecher an den Klippen hinter dem Dorf hören.

Er stellte sich vor, wie die gewaltigen Sturzwellen heranrollten, dann dachte er an das tote Kaninchen und den schwebenden Falken und all die Schrecknisse dieser urzeitlichen Landschaft. Er dachte an das kleine Haus, schutzlos hoch oben auf dem Hügel, und an Ben Fox darin, mit seinem Hund und seinen Büchern und den ernsten Augen und seinem Geheimnis. *Vielleicht ist er ein Mörder.* Er schauderte und wälzte sich im Bett herum, zog sich die Decke über die Ohren, aber nichts vermochte das Geräusch des Windes fern zu halten.

Am nächsten Morgen hatte der Sturm nicht nachgelassen. Der Wirtschaftshof war mit angewehtem Unrat übersät, und ein paar schadhafte Ziegel waren vom Dach gerissen worden, doch der Schaden war nicht gleich zu erkennen, weil der Wind Regen mitgebracht hatte, einen dichten Sprühregen, der jegliche Sicht behinderte. Es war, als sei man in einer Wolke, die einen von der Außenwelt abschnitt.

«So ein grässlicher Morgen», sagte Will beim Frühstück. Er hatte seinen guten Anzug an und war in Schlips und Kragen, weil er auf den Markt gehen wollte. Oliver sah ihm von der Tür aus nach, als er losfuhr. Er nahm den Lieferwagen, damit Sarah den Personenwagen zur Verfügung hatte. Als er über den Weidenrost des ersten Gatters rumpelte, verschwand der Lieferwagen, vom Dunst verschluckt. Oliver machte die Tür zu und ging wieder in die Küche.

«Was möchtest du heute machen?», fragte Sarah ihn. «Ich hab Zeichenpapier und neue Filzstifte für dich. Extra für einen Regentag gekauft.»

Aber er hatte keine große Lust zu malen. «Was machst du?»

«Ich werde ein bisschen backen.»

«Rosinenbrötchen?» Er war ganz versessen auf Sarahs Rosinenbrötchen.

«Ich hab keine Rosinen mehr.»

«Ich kann in den Laden gehen und welche kaufen.»

Sie lächelte ihn an. «Macht es dir nichts aus, den weiten Weg zu gehen, in diesem Nebel?»

«Nein, das schaff ich schon.»

«Schön, wenn du es gerne möchtest. Aber zieh deinen Regenmantel und deine Gummistiefel an.»

Mit ihrer Geldbörse in der Tasche, den Regenmantel bis zum Hals zugeknöpft, ging er los. Er kam sich abenteuerlich vor, wie ein Forscher, und die Gewalt des Windes beflügelte ihn. Er ging gegen den Wind, sodass er sich manchmal dagegen stemmen musste, und der Sprühregen durchnässte ihn; seine Haare klebten ihm in kürzester Zeit am Kopf, und das Wasser lief ihm den Nacken hinunter. Die Erde war schlammig und mit abgerissenen Farnblättern übersät, und als Oliver die erste Brücke erreichte und sich über das Geländer beugte, sah er das braune Wasser des angeschwollenen Flusses sturzbachartig zum Meer strömen.

Es war sehr anstrengend. Um sich aufzumuntern, dachte er an den Rückweg, wenn er den Wind im Rücken haben würde. Vielleicht würde ihm Mr. Thomas wieder einen Schokoriegel schenken, den er auf dem Heimweg mampfen könnte.

Doch er sollte nicht bis ins Dorf oder in den Laden gelangen. Denn als er an die Wegbiegung kam, wo die Eiche stand, konnte er nicht weiter. Nach Jahrhunderten hatte der alte Baum am Ende dem Wind nachgegeben; entwurzelt lag er da, ein Gewirr aus mächtigem Stamm und abgebrochenen Ästen, die oberen Zweige unentwirrbar mit den abgerissenen Telefondrähten verheddert. Es war ein Furcht erregender Anblick. Doch noch größere Angst machte ihm die Erkenntnis, dass dieses Unglück eben erst passiert sein konnte, denn Will war mit seinem Lieferwagen durchgekommen. *Er hätte auf mich fallen können.* Er malte sich aus, wie er unter dem gewaltigen Stamm eingequetscht war, tot wie das Kaninchen, denn kein Lebewesen könnte ein so entsetzliches Schicksal überleben. Sein Mund war trocken. Es schnürte ihm die Kehle zu, er schauderte, da ihm plötzlich kalt war, dann machte er kehrt und rannte nach Hause.

«Sarah?»

In der Küche war sie nicht.

«Sarah!» Er hatte seine Stiefel ausgezogen und fummelte an den Knebeln seines triefnassen Regenmantels.

«Ich bin im Schlafzimmer.»

Er raste auf Strümpfen nach oben. «Sarah, die Eiche ist auf die Straße gestürzt. Ich konnte nicht ins Dorf. Und ...» Er brach ab. Irgendwas stimmte nicht. Sarah lag voll angezogen auf dem Bett, die Hand auf den Augen, das Gesicht sehr blass. «Sarah?» Langsam nahm sie die Hand herunter, ihre Blicke trafen sich, sie brachte ein Lächeln zustande. «Sarah, was hast du?»

«Ich ... ich hab das Bett gemacht. Und ich ... Oliver, ich glaube, das Baby will kommen.»

«Das Baby ...? Aber es soll doch erst in zwei Wochen kommen.»

«Ja, ich weiß.»

«Bist du ganz sicher?»

Nach einer Weile sagte sie: «Ja, ich bin sicher. Wir sollten vielleicht das Krankenhaus anrufen.»

«Das geht nicht. Der Baum hat die Telefondrähte runtergerissen.»

Die Straße blockiert. Die Telefonleitung tot. Und Will weit weg in Truro. Sie sahen sich stumm an, das Schweigen war mit Bangen und Bestürzung befrachtet.

Er wusste, dass er etwas tun musste. «Ich geh ins Dorf. Ich kletter durch den Baum oder geh außen rum über die Heide.»

«Nein.» Sie hatte sich wieder in der Gewalt und nahm zum Glück die Sache in die Hand. Sie setzte sich auf, schwang die Beine über die Bettkante. «Das würde zu lange dauern ...»

«Kommt das Baby bald?»

Sie brachte ein Grinsen zustande. «Nicht sofort. Ein Weilchen halte ich schon noch durch. Aber ich glaube, wir sollten keine Zeit verlieren.»

«Dann sag mir, was ich tun soll.»

«Ben Fox holen», sagte Sarah. «Du findest den Weg, du warst gestern mit Will oben. Sag, er soll kommen und uns helfen – und er muss seine Kettensäge mitbringen, für den Baum.»

Ben Fox holen. Oliver sah seine Schwester entsetzt an. Ben Fox holen ... allein im Nebel den Hügel hinaufgehen, um Ben Fox zu holen. Hatte sie eine Ahnung, was sie da von ihm verlangte? Aber während er so dastand, zog sie sich vorsichtig hoch, legte die Hände auf die große Wölbung ihres Bauches, und ihn überkam eine seltsame Woge von Beschützerinstinkt, so als sei er kein Junge, sondern ein erwachsener Mann.

Er sagte: «Hältst du's durch?»

«Ja. Ich mach mir eine Tasse Tee und setze mich ein bisschen hin.»

«Ich mach so schnell ich kann. Ich renn den ganzen Weg.»

Er dachte daran, Wills Schäferhund mitzunehmen, aber der Hund gehorchte nur seinem Herrn und wollte den Hof nicht verlassen. Also machte Oliver sich allein auf den Weg in Richtung der Felder, die er gestern mit Will überquert hatte. Trotz des Nebels war das erste Stück nicht schwierig, und er fand sogleich die Lücke in der Mauer, wo sie den provisorischen Zaun angebracht hatten, aber als er darüber geklettert war und sich in dem Unterholzgewirr befand, wurde es schwierig. Der Wind schien hier oben grimmiger denn je, der Regen noch kälter. Es regnete ihm in die Augen, sodass er fast nichts mehr sah, und er konnte den Pfad nicht finden, konnte nicht über seine Nasenspitze hinaussehen. Jeglicher Entfernungs- und Richtungssinn war ihm abhanden gekommen. Er stolperte über Dornen, Stechginster riss an seinen Beinen, und mehr als einmal rutschte er im Schlamm aus und fiel hin, wobei er sich schmerzhaft die Knie aufschürfte. Aber irgendwie kämpfte er sich voran, kletterte unermüdlich bergauf. Er sagte sich, er müsse nur oben ankommen, danach würde es leicht sein. Er würde Ben Fox' Haus finden. Er würde Ben Fox finden.

Nach einer Weile, die ihm wie eine Ewigkeit erschien, langte er endlich am Fuß der Felsblöcke an. Er hob die Hände und lehnte sich an die feste Granitwand, die nass und kalt war und steil wie eine Klippe. Der Pfad war wieder verschwunden, und Oliver wusste, er musste die Schlucht finden. Aber wie? Außer Atem, taillentief in Stechginster, ohne Orientierung, war er mit einem Mal von einer Panik ergriffen, die durch seine Verlorenheit und das verzweifelte Gefühl der Dringlichkeit noch verstärkt wurde, und er hörte sich wimmern wie ein Baby. Er biss sich auf die Lippe, schloss die Augen und dachte angestrengt nach, danach tastete er sich um den Felsen herum, indem er sich dicht an ihn drückte. Nach einer Weile machte der Fels eine Einwärtsbiegung, und als Oliver nach oben blickte, sah er die zwei Wände der Schlucht zu dem grau verhangenen, strömenden Himmel aufragen.

Mit einem Seufzer der Erleichterung begann er auf allen vieren den steilen Pfad hinaufzukriechen. Er war schmutzig, blutig und nass, aber er hatte den Weg gefunden. Er war auf der Kuppe, und konnte er das Haus auch nicht sehen, so wusste er doch, dass es da war. Er begann zu rennen, stolperte, fiel, stand auf und rannte weiter. Dann bellte der Hund, und aus dem Nebel tauchte der Umriss des Daches auf, der Schornstein, das Licht im Fenster.

Er war an der Mauer, am Gartentor. Als er sich mit dem Riegel abmühte, ging die Haustür auf, der bellende Hund stürzte zu ihm hinaus, und da stand Ben Fox.

«Wer ist da?»

Er ging den Weg zum Haus. «Ich bin's.»

«Was ist passiert?»

Atemlos, matt vor Erleichterung, plapperte Oliver unzusammenhängend los.

«Jetzt hol erst mal tief Luft. Dann geht's schon wieder.» Ben hielt Oliver an den Schultern, hockte sich vor ihn hin, sodass ihre Augen auf gleicher Höhe waren. «Was ist passiert?»

Oliver atmete tief ein und stieß die Luft wieder aus, dann erzählte er. Als er fertig war, ging Ben Fox zu seiner Verwunderung nicht gleich ans Werk. Er sagte: «Und du hast den Weg hierherauf gefunden?»

«Ich hab mich verlaufen. Ich hab mich andauernd verlaufen, aber dann hab ich die Schlucht gefunden, und da kannte ich mich wieder aus.»

«Braver Junge.» Er gab ihm einen kleinen Klaps, dann stand er auf. «Ich hol einen Mantel und die Kettensäge ...»

Wie er Hand in Hand mit Ben Fox ging, während der schwarzweiße Hund vor ihnen den Hügel hinabtollte, war der Abstieg zum Hof geschwind und leicht, sodass es kaum zu glauben war, dass er aufwärts so lange gebraucht hatte. Im Haus wartete Sarah auf sie. Ruhig und gefasst saß sie am Feuer und trank Tee. Sie hatte einen Koffer gepackt, der nun an der Tür stand.

«Oh, Ben.»

«Wie geht's?»

«Ganz gut. Ich hatte wieder eine Wehe. Sie kommen alle halbe Stunde.»

«Dann haben wir noch Zeit. Ich nehm mir jetzt den Baum vor, dann bring ich dich ins Krankenhaus.»

«Entschuldige, dass ich dir so viel Mühe mache.»

«Du brauchst dich nicht zu entschuldigen. Du kannst stolz

auf deinen kleinen Bruder sein. Wie er mich gefunden hat, das hat er prima gemacht.» Er sah Oliver an. «Kommst du mit mir, oder bleibst du hier?»

«Ich komm mit.» Die Panik, die blutigen Hände, die aufgeschlagenen Knie, alles war vergessen. «Ich helf Ihnen.»

So arbeiteten sie gemeinsam; Ben Fox schlug das Gewirr von Zweigen und Ästen ab, die die Telefondrähte zerrissen hatten, und wenn sie herunterfielen, wuchtete Oliver sie aus dem Weg. Es war harte Arbeit, aber am Ende hatten sie eine schmale Spur zwischen der Straße und dem Flüsschen freigelegt, die breit genug für ein Auto sein müsste. Als das erledigt war, gingen sie zum Haus, holten Sarah und ihren Koffer ab und stiegen alle in Wills Personenwagen.

Als sie zu dem gestürzten Baum kamen, war Sarah entsetzt. «Da kommen wir nie durch.»

«Wir müssen es versuchen», sagte Ben und fuhr geradewegs auf die schmale Lücke zu. Das hatte grässliche kratzende und schrammende Geräusche zur Folge, aber sie kamen durch.

«Was wird Will sagen, wenn er sieht, was du mit seinem Wagen gemacht hast?»

«Er muss sich um wichtigere Sachen Gedanken machen. Ein Baby zum Beispiel.»

«Im Krankenhaus rechnen sie erst in zwei Wochen mit mir.»

«Das spielt keine Rolle.»

«... und Will. Ich muss Will anrufen.»

«Ich sehe zu, dass ich Will erreiche. Sei du unbesorgt, und

halt dich gut fest, denn jetzt rasen wir wie die Höllenhunde. Nur schade, dass wir keine Polizeisirene haben.»

Wegen des Nebels raste er nicht wie die Höllenhunde, aber auch so kamen sie recht zügig voran und fuhren bald darauf unter dem roten Ziegelbogen hindurch in den Hof des kleinen Kreiskrankenhauses.

Ben half Sarah mit ihrem Koffer aus dem Wagen. Oliver wollte mitgehen, wurde jedoch beschieden, im Auto zu warten.

Er wollte nicht allein gelassen werden. «Warum muss ich hier bleiben?»

«Tu, was man dir sagt», befahl Sarah, beugte sich zu ihm hinein und gab ihm einen Abschiedskuss. Er umarmte sie fest, und als sie fort war, lehnte er sich zurück, und ihm war zum Heulen. Nicht nur, weil er sehr müde war und weil seine Knie und Hände wieder wehtaten, sondern weil er eine nagende Angst verspürte, die sich bei näherer Prüfung als Sorge um seine Schwester erwies. War es schlimm, dass das Baby zwei Wochen zu früh kam? Würde es ihm schaden? Oliver malte sich fehlende Zehen aus, ein verdrehtes Auge. Es regnete immer noch; der Vormittag erschien ihm wie eine Ewigkeit. Er sah auf seine Uhr und stellte erstaunt fest, dass es noch nicht Mittag war. Er wünschte, Ben Fox würde zurückkommen.

Endlich erschien er. Wie er über den Hof schritt, wirkte er in dieser adretten Krankenhausumgebung vollkommen fehl am Platz. Er setzte sich ans Steuer und schlug die Tür zu. Er sprach eine ganze Weile kein Wort. Oliver fragte sich, ob er gleich erfahren würde, dass Sarah tot sei.

Er schluckte den Klumpen in seiner Kehle herunter. «Hat

es – hat es Schwierigkeiten gegeben, weil sie früher gekommen ist?» Seine eigene Stimme kam ihm seltsam piepsig vor.

Ben fuhr sich mit den Fingern durch die dichten roten Haare. «Nein. Sie haben ein Bett für sie, und sie dürfte inzwischen im Kreißsaal sein. Alles ist bestens organisiert.»

«Warum waren Sie so lange weg?»

«Ich musste Will erreichen. Ich hab den Markt in Truro angerufen. Es hat eine Weile gedauert, Will zu finden, aber jetzt ist er unterwegs.»

«Ist …?» Es war unmöglich, mit dem Hinterkopf eines Menschen zu sprechen. Oliver kletterte auf den Vordersitz. «Ist es schlimm, dass das Baby zwei Wochen zu früh kommt? Es wird ihm doch nicht schaden?»

Ben sah Oliver an, und Oliver bemerkte, dass die seltsamen Augen anders aussahen, nicht mehr hart, sondern sanft wie der Himmel an einem kühlen Frühlingsmorgen. Er sagte: «Hast du Angst um sie?»

«Ein bisschen.»

«Mach dir keine Sorgen. Sie ist gesund und kräftig, und die Natur ist etwas Wunderbares.»

«Ich», sagte Oliver, «ich finde die Natur schrecklich.»

Ben wartete, dass er das näher erläuterte, und mit einem Mal war es ganz leicht, sich diesem Mann anzuvertrauen, ihm Dinge zu sagen, die er niemandem, nicht einmal Will, gestanden hätte. «Sie ist grausam. Ich habe noch nie auf dem Land gelebt. Ich hab nicht gewusst, wie das ist. Das Tal und der Hof … überall Füchse und Falken, alle töten sich gegenseitig, und gestern Morgen lag ein totes Kaninchen auf dem Weg. Und heute Nacht war der Wind so wild, und ich hab die See gehört und musste dauernd an ertrunkene Seeleute und gekenterte Schiffe denken. Warum muss das so sein? Und dann ist der Baum gestürzt, und das Baby kommt zu früh …»

«Ich hab dir gesagt, um das Baby brauchst du dir keine Sorgen zu machen. Es ist nur ein bisschen ungeduldig, weiter nichts.»

Oliver war nicht überzeugt. «Aber woher wissen Sie das?»

«Ich weiß es eben», erwiderte Ben ruhig.

«Haben Sie mal ein Baby gehabt?»

Die Frage war herausgeplatzt, bevor er Zeit hatte zu denken. Sobald er es ausgesprochen hatte, bereute er seine Worte, denn Ben Fox drehte sich von ihm weg, und Oliver konnte nur die scharfe Kante seines Backenknochens sehen, die Falten um sein Auge, den vorspringenden Bart. Ein langes Schweigen lag zwischen ihnen, und es war, als sei der Mann weit weggegangen. Schließlich hielt Oliver es nicht mehr aus. «Hatten Sie mal eins?», hakte er nach.

«Ja», sagte Ben. Er wandte sich Oliver wieder zu. «Aber es wurde tot geboren, und meine Frau habe ich auch verloren, denn sie starb bald danach. Aber weißt du, sie war nie kräftig. Die Ärzte haben gesagt, sie darf kein Kind bekommen. Mir hätte es nichts ausgemacht. Ich hätte mich damit abgefunden, aber sie wollte es unbedingt riskieren. Sie sagte, eine Ehe ohne Kinder wäre nur eine halbe Ehe, und ich habe nachgegeben.»

«Weiß Sarah das?»

Ben Fox schüttelte den Kopf. «Nein. Hier weiß es kein Mensch. Wir haben in Bristol gewohnt. Ich war Professor für Englisch an der Universität. Aber als meine Frau gestorben war, konnte ich dort nicht mehr bleiben. Ich habe meine Arbeit an den Nagel gehängt und bin hierher gekommen. Ich habe schon immer mit Holz gearbeitet – das war mein Hobby –, und jetzt verdiene ich mein Geld damit. Es lebt sich gut da oben auf dem Hügel, und die Leute sind nett. Sie lassen mir meine Ruhe, respektieren mein Privatleben.»

Oliver meinte: «Aber wäre es nicht leichter, Freunde zu haben? Mit Leuten zu reden?»

«Vielleicht. Eines Tages.»

«Mit mir reden Sie.»

«Wir reden miteinander.»

«Ich dachte, Sie laufen vor irgendwas weg.» Er beschloss, reinen Tisch zu machen. «Ich hab wirklich gedacht, dass Sie was zu verbergen haben, dass die Polizei hinter Ihnen her ist oder dass Sie vielleicht jemand ermordet haben. Sie sind weggelaufen.»

«Nur vor mir selbst.»

«Laufen Sie jetzt nicht mehr weg?»

«Vielleicht», sagte Ben Fox. «Vielleicht hört es jetzt auf.» Plötzlich lächelte er. Es war das erste Mal, dass Oliver ihn lächeln sah, er bekam ganz viele Fältchen um die Augen, seine Zähne waren weiß und ebenmäßig. Mit seiner riesigen Hand zauste er Olivers Haare. «Vielleicht ist es Zeit, das Weglaufen zu beenden. So wie es für dich Zeit ist, dich mit dem Leben abzufinden. Das ist nicht leicht. Es ist einfach eine lange Reihe von Herausforderungen, wie Hürden bei einem Rennen. Und ich nehme an, sie hören nicht auf, bis zu dem Tag, an dem du stirbst.»

«Ja», sagte Oliver, «so wird es wohl sein.»

Sie blieben noch ein Weilchen sitzen, in behaglichem, einmütigem Schweigen, und dann sah Ben Fox auf seine Uhr. «Was möchtest du lieber, Oliver, hier sitzen bleiben und auf Will warten oder mit mir kommen und irgendwo was essen?»

Essen war eine prima Idee. «Ein Hamburger wär nicht schlecht.»

«Find ich auch.» Er ließ den Motor an, und sie fuhren fort vom Krankenhaus, unter dem Bogen hindurch, in die Straßen der kleinen Stadt, auf der Suche nach einem geeigneten Gasthaus.

«Übrigens», meinte Oliver, «Will würde uns gar nicht hier haben wollen. Er will nur bei Sarah sein.»

«Das war gesprochen wie ein Mann», sagte Ben Fox. «Wie ein Mann.»

Ein kalter Februar

mit dem Februar kam das kalte Wetter. Zu Weihnachten war es noch sonnig gewesen und am Neujahrstag mild und windstill. Danach krochen die Winterwochen dahin, brachten ein bisschen Regen und leichten Frost, aber viel mehr auch nicht. «Wir haben Glück», sagten die Leute, die es nicht besser wussten, doch die Schafhirten und die Bergbauern waren klüger. Sie schauten zum Himmel hinauf, hielten die Nase in den Wind, und ihnen war klar, dass das Schlimmste noch bevorstand. Der Winter wartete nur. Er lauerte auf den richtigen Augenblick.

Der strenge Frost setzte Anfang des Monats ein. Es begann mit Schneeregen, der rasch in richtigen Schnee überging, und dann kamen die Stürme. «Direkt aus dem Ural», sagte Roddy Dunbeath, wenn der eiskalte Wind von der See her über das Land pfiff. Das Meer wurde grau und bedrohlich, so dunkel wie nasser Schiefer. Schäumende Brecher überfluteten den Strand von Creagan und spuckten den ganzen Unrat aus, den die See nicht verdaut hatte. Alte Fischkisten, zerrissene Netze, verhedderte Schnüre, Plastikflaschen, Gummireifen und sogar den einen oder anderen halb verrotteten Schuh.

Die Hügel im Landesinneren waren in Weiß gehüllt, und ihre Kuppen verloren sich in finsteren, über den Himmel jagenden Wolken. Der Schnee, der von den Feldern geweht wurde, türmte sich da und dort zu steilen Wächten auf und verschluckte die schmalen Straßen. Die Schafe konnten in ihrer dicken Winterwolle gut überleben, aber die Rinder suchten im Windschatten von Bruchsteinwällen Zuflucht, und die Bauern fuhren zweimal am Tag mit dem Traktor hinaus, um ihnen Futter zu bringen.

An harte Winter gewöhnt, waren die Bewohner darauf vorbereitet und ertrugen diese Unbill mit stoischer Ruhe. Die kleineren Berggehöfte und entlegenen Cottages waren vollständig von der Außenwelt abgeschnitten, doch die Wände waren dick, die Torfstapel hoch, und es gab immer reichlich Hafermehl und Futter für das Vieh. Das Leben ging weiter. Das knallrote Postauto machte seine tägliche Runde durch die Täler, und dralle Frauen in Gummistiefeln, mit drei Pullovern übereinander, wagten sich aus ihren Häusern, fütterten die Hühner und hängten in klirrendem Frost Wäsche auf die Leinen.

Es war Sonntag.

Der Herr ist mein Hirte, mir wird nichts mangeln.
Er weidet mich auf einer grünen Aue ...

Die Heizungsrohre in der Kirche waren zwar lauwarm, aber es zog erbärmlich. Die versammelten Gemeindemitglieder, wegen des Wetters zu einer Hand voll geschrumpft, erhoben beim letzten Lied des morgendlichen Gottesdienstes tapfer ihre Stimmen, doch sosehr sie sich auch anstrengten, sie wurden von dem Sturm, der draußen tobte, beinahe übertönt.

Jock Dunbeath stand allein in der Bank, die für die Bewohner von Benchoile reserviert war. Seine Hände, in gestrickten Halbhandschuhen, aus denen die Finger herausragten, hielten das aufgeschlagene Gesangbuch, er schaute aber nicht hinein, weil er diesen Psalm sein Leben lang gesungen hatte und den Text auswendig konnte, aber auch, weil er aus Versehen seine Brille zu Hause gelassen hatte.

Ellen hatte ein großes Getue gemacht. «Sie müssen wirklich von Sinnen sein, wenn Sie glauben, dass Sie es heute bis zur Kirche schaffen. Die Straßen sind nicht passierbar. Wollen Sie nicht wenigstens nur bis zu Davey fahren und ihn bitten, dass er Sie hinbringt?»

«Davey hat genug anderes zu tun.»

«Dann bleiben Sie doch am Kamin sitzen und hören Sie dem netten Pfarrer im Radio zu! Tut's das denn nicht auch ausnahmsweise?»

Doch Jock war eigensinnig und unbeugsam geblieben. Schließlich hatte sie geseufzt, die Augen zum Himmel verdreht und sich damit abgefunden. «Aber geben Sie nicht mir die Schuld, wenn Sie in einer Schneewehe umkommen.»

Beim Gedanken an ein solches Ereignis hatte sie ganz aufgeregt geklungen. Katastrophen waren die Würze in Ellens Leben, und sie war stets die Erste, die sagte: «Ich habe Sie ja gewarnt.» Weil ihm das lästig war und er schnell von ihr wegwollte, hatte Jock die Brille vergessen und war dann zu dickschädelig gewesen, noch einmal zurückzugehen und sie zu holen. Wie dem auch sei, der Erfolg gab ihm Recht. Im alten Landrover war er im ersten Gang die vier Meilen ins Tal hinuntergeschlichen und hatte es geschafft, heil in die Kirche zu kommen. So durchgefroren er auch war und ohne seine Brille blind wie eine Fledermaus, freute er sich doch, dass er die Mühe auf sich genommen hatte.

Sofern ihn nicht Krankheit, Krieg oder sonst eine höhere Gewalt daran gehindert hatten, war er sein ganzes Leben lang jeden Sonntagmorgen zur Kirche gegangen. Als Kind, weil er musste, als Soldat, weil es ihm ein Bedürfnis war, und als erwachsener Mann, weil er der Laird von Benchoile war, der Gutsherr, und ihm viel daran lag, dabei zu sein, Traditionen hochzuhalten und mit gutem Beispiel voranzugehen. Und jetzt, im Alter, fand er hier Trost und Beruhigung. Die alte Kirche, die Worte des Gottesdienstes und die Weisen der Lieder gehörten zu den wenigen Dingen in seinem Leben, die sich nicht verändert hatten. Letzten Endes waren sie vielleicht sogar das Einzige, was geblieben war.

Gutes und Barmherzigkeit
werden mir folgen mein Leben lang,
und ich werde bleiben
im Hause des Herrn immerdar.

Er klappte das Gesangbuch zu und senkte den Kopf für den Segen. Dann griff er nach den Autohandschuhen und nach seiner alten Tweedmütze, die er auf den Platz neben sich gelegt hatte, knöpfte den Überzieher zu, wand sich den Schal um den Hals und stapfte hinaus.

«Morgen, Sir.» Es war eine freundliche Kirchengemeinde. Die Leute sprachen einander mit normaler Stimme an – kein frömmlerisches Geflüster, als läge nebenan jemand im Sterben. «Furchtbares Wetter heute. Guten Morgen, Colonel Dunbeath, wie sind denn die Straßen zu Ihnen rauf? ... Also, Jock, Sie sind ja wirklich großartig, dass Sie sich an so einem Tag in die Kirche aufmachen.»

Das war der Pastor, der Jock eingeholt hatte. Jock drehte sich um. Der Pastor, Reverend Christie, war ein stattlicher Mann mit Schultern wie ein Rugbyspieler, doch Jock überragte ihn immer noch um einen halben Kopf.

«Ich dachte mir doch, dass ihr heute Morgen hier ein bisschen dünn gesät seid», sagte er. «Bin froh, dass ich mich aufgerafft habe.»

«Ich hätte gemeint, Sie seien da oben auf Benchoile alle eingeschneit.»

«Das Telefon ist tot. Muss wohl irgendwo eine Leitung zusammengebrochen sein. Aber im Landrover hab ich's geschafft.»

«Ist bitterkalt heute. Kommen Sie doch ins Pfarrhaus mit auf einen Sherry, bevor Sie sich auf den Rückweg machen!»

Der Pastor war ein braver Mann mit gütigen Augen und einer häuslichen und gastfreundlichen Frau. Für einen Moment stellte sich Jock genüsslich das Wohnzimmer des Pfarrhauses vor. Den Sessel, den man für ihn an den riesigen Kamin rücken würde, und den köstlichen Duft des sonntäglichen Hammelbratens. Die Christies hatten es sich immer gut gehen lassen. Er dachte an den dunklen, süßen Sherry, der ihn aufwärmen würde, an die tröstliche Gegenwart von Mrs.

Christie, und einen Augenblick lang war er versucht mitzugehen.

Aber dann sagte er doch: «Nein, ich glaube, ich fahre besser heim, bevor das Wetter noch schlechter wird. Ellen erwartet mich sicher schon. Außerdem möchte ich nicht, dass ich eine Alkoholfahne habe, falls mich der Gendarm erfroren in einer Schneewehe findet.»

«Nun ja, das ist verständlich.» Das liebenswürdige Verhalten des Pastors und sein robustes Wesen täuschten über seine Besorgnis hinweg, doch er war an diesem Morgen entsetzt gewesen, als er Jock allein in seiner Bank hatte sitzen sehen. Die meisten Besucher des Gottesdienstes hatten sich aus irgendeinem Grund auf den hinteren Plätzen der Kirche versammelt, und der Gutsherr hatte auffallend einsam, isoliert wie ein Geächteter, auf seinem Platz gesessen.

Er sah alt aus. Mr. Christie hatte zum ersten Mal den Eindruck gehabt, dass er wirklich alt aussah. Zu dünn und zu lang, sodass Anzug und Mantel an der hageren Gestalt schlotterten, die Finger geschwollen und rot vor Kälte. Der Hemdkragen war ihm zu weit, und es hatte ein Zaudern in seinen Bewegungen gelegen, als er nach dem Gesangbuch tastete oder die Pfundnote herauskramte, die er wöchentlich zur Kollekte beisteuerte.

Jock Dunbeath von Benchoile. Wie alt war er eigentlich? Achtundsechzig, neunundsechzig? Noch kein Alter heutzutage. Auch noch nicht alt für diese Gegend, in der die Männer anscheinend bis weit in ihre Achtzigerjahre rüstig und voller Tatendrang waren, ihre Gärten umstachen, ein paar Hühner hielten und für ihren allabendlichen Whisky in die Dorfkneipe taperten. Doch im vergangenen September hatte Jock einen leichten Herzanfall gehabt, und seither, so fand Mr. Christie, war es mit ihm sichtbar bergab gegangen. Aber wie konnte man ihm denn helfen? Wäre er ein schlichter Bauer gewesen, dann hätte Mr. Christie ihn besucht, ihm einen Schwung Scones mitgebracht, die seine Frau gebacken hatte, und vielleicht angeboten, einen Stapel Feuerholz zu hacken. Nur, Jock war kein schlichter Bauer. Er war Lieutenant Colonel John Rathbone Dunbeath, ein Veteran der *Cameron Highlanders*, der für seine Verdienste in diesem renommierten schottischen Schützenbataillon ausgezeichnet worden war, außerdem war er der Laird von Benchoile und Friedensrichter. Er war stolz, und er war alt und einsam, aber er war nicht arm. Im Gegenteil, er war ein hoch angesehener Grundbesitzer mit einem großen Haus und einem bewirtschafteten Bauernhof. Ihm gehörten etwa zwölftausend Morgen Hügelland, tausend oder noch mehr Schafe, Äcker, Jagdreviere und Fischgründe. In jeder Hinsicht ein beneidenswerter Besitz. Wenn das große Haus heruntergekommen war und der Gutsherr einen ausgefransten Hemdkragen hatte, dann lag das nicht daran, dass er arm gewesen wäre. Es lag nur daran, dass seine Frau gestorben war, er keine Kinder hatte und die alte Ellen Tarbat, die Jock und seinem Bruder Roddy den Haushalt führte, dem nicht mehr gewachsen war.

Und irgendwo, irgendwann, vor ihrer aller Augen, hatte der alte Mann anscheinend resigniert.

Mr. Christie überlegte, was er sagen könnte, um das Gespräch in Gang zu halten. «Und wie geht's der Familie?», war da meistens hilfreich, allerdings nicht in diesem Fall, denn

Jock hatte keine Familie. Nur Roddy. Was soll's, dachte der Pastor, Not kennt kein Gebot.

«Und wie hält sich Ihr Bruder?»

Mit einem Anflug von Humor erwiderte Jock: «Hört sich ja an, als wäre er eine Kiste Heringe. Ich denke, es geht ihm gut. Wir sehen uns nicht so oft. Na ja, jeder bleibt für sich. Roddy in seinem Haus, ich in meinem.» Er räusperte sich. «Bis auf Sonntagmittag. Da essen wir gemeinsam. Ist immer ganz gemütlich.»

Mr. Christie fragte sich, worüber sie wohl reden mochten. Er hatte noch nie zwei Brüder gekannt, die so verschieden waren, der eine so zurückhaltend und der andere so kontaktfreudig. Roddy war ein Schriftsteller, ein Künstler, ein Geschichtenerzähler. Die Bücher, die er geschrieben hatte, manche schon vor nahezu zwanzig Jahren, wurden noch immer verlegt, und die Taschenbuchausgaben fand man ständig an Bahnhofskiosken und selbst in den Regalen von Dorfläden, in denen man sie nie vermutet hätte. *Ein Klassiker,* verhieß der Werbetext auf der Rückseite unter einem Foto von Roddy, das vor dreißig Jahren aufgenommen worden war. *Der Hauch der freien Natur. Roddy Dunbeath kennt sein Schottland und beschreibt es in diesem Buch mit der ihm angeborenen Beobachtungsgabe.*

Außer zu Weihnachten und Ostern oder bei einer Beerdigung kam Roddy nicht in die Kirche, aber ob das an seiner Einstellung zum Glauben oder an der ihm eigenen Trägheit lag, wusste der Pastor nicht. Roddy ließ sich selbst im Dorf nicht sehr oft blicken. Jess Guthrie, die Frau des Schäfers, übernahm für ihn das Einkaufen. «Na, Jess, wie geht's denn Mr. Roddy?», erkundigte sich der Kaufmann meistens, wenn er die zwei Flaschen Dewars behutsam in den Karton mit den Lebensmitteln stellte, und Jess wandte dann den Blick von den Flaschen ab und antwortete: «Oh, nicht grad schlecht», was so gut wie alles heißen konnte.

«Arbeitet Roddy zurzeit an etwas?», fragte Mr. Christie.

«Er hat was von einem Artikel für *The Scottish Field* erwähnt. Ich ... Ich weiß es eigentlich nie so genau.» Jock fuhr sich mit unsicherer Hand über den Hinterkopf und strich das schütter gewordene graue Haar glatt. «Er redet nie viel über seine Arbeit.»

Ein kleinerer Geist hätte sich davon wohl entmutigen lassen, doch Mr. Christie fragte unbeirrt noch nach dem dritten der Dunbeath-Brüder.

«Und was hört man von Charlie?»

«Ich hab zu Weihnachten einen Brief von ihm gekriegt. Er war mit Susan Ski laufen. In Aspen. Das liegt in Colorado, wissen Sie», fügte er in seiner wohlerzogenen Art hinzu, als könnte Mr. Christie es vielleicht nicht wissen.

«War John mit?»

Es entstand eine kleine Pause. Jock warf den Kopf in den Nacken. Seine hellen, von der Kälte ein wenig wässerigen Augen fixierten einen fernen, undeutlichen Punkt, irgendwo hinter dem Kopf des Pastors.

«John arbeitet nicht mehr in New York. Ist in die Londoner Filiale seiner Bank versetzt worden. Dort arbeitet er jetzt schon seit sechs Monaten oder noch länger.»

«Das ist ja herrlich.»

Die Kirche war inzwischen fast leer. Die beiden Männer schritten Seite an Seite durch den Mittelgang zum Portal.

«Ja. Gut für John. Ist die Treppe raufgefallen. Kluger Junge. Wahrscheinlich wird er noch Präsident, ehe man sich's versieht. Ich meine, Präsident der Bank, nicht Präsident der Vereinigten Staaten von Amerika ...»

Aber Mr. Christie ließ sich durch diesen kleinen Scherz nicht von seinem Thema ablenken. «Das habe ich nicht gemeint, Jock. Ich habe gemeint, wenn er jetzt in London lebt, dann sollte es ihm nicht allzu schwer fallen, mal nach Sutherland zu kommen und ein paar Tage bei Ihnen und Roddy zu verbringen.»

Jock blieb abrupt stehen und wandte sich um. Er kniff die Augen zusammen. Plötzlich wirkte er wachsam und unnahbar wie ein alter Adler.

Dieser durchdringende Blick erstaunte Mr. Christie ein wenig. «War nur so eine Idee. Mir scheint, Sie könnten ein bisschen junge Gesellschaft brauchen.» – Und auch jemanden, der auf Sie aufpasst, dachte er, aber das sagte er nicht laut. «Muss an die zehn Jahre her sein, dass er zum letzten Mal hier war.»

«Ja. Zehn Jahre.» Sie gingen langsam weiter. «Er war damals achtzehn.» Der alte Mann erweckte den Eindruck, als läge er im Widerstreit mit sich selbst. Der Pastor wartete taktvoll und wurde dafür belohnt. «Ich hab ihm neulich geschrieben. Hab ihm vorgeschlagen, im Sommer herzukommen. Er hat sich zwar nie für die Moorhuhnjagd interessiert, aber ich könnte mit ihm ein bisschen fischen gehen.»

«Ich bin sicher, er braucht keinen solchen Köder, um ihn in den Norden zu locken.»

«Hab noch keine Antwort gekriegt.»

«Lassen Sie ihm Zeit. Er ist ein viel beschäftigter Mann.»

«Jaja. Nur, im Moment bin ich mir nicht so sicher, wie viel Zeit ich noch habe.» Jock lächelte, dieses seltene, etwas ironische Lächeln, das die Kälte aus seinen Zügen schwinden ließ und einen immer entwaffnete. «Aber schließlich sind wir ja alle mal dran. Sie wissen das doch am besten.»

Sie verließen die Kirche. Draußen verfing sich der Wind im Talar des Pastors und blähte das schwarze Gewand auf. Mr. Christie blieb vor dem Eingang stehen und sah zu, wie Jock Dunbeath mühsam in den alten Landrover kletterte und seine ungewisse Heimfahrt antrat. Unwillkürlich seufzte er, mit schwerem Herzen. Er hatte es versucht. Aber was konnte man letzten Endes schon tun?

Es hatte inzwischen nicht mehr geschneit, und Jock war froh darüber. Er rumpelte durch das stille Dorf, in dem die meisten Fensterläden geschlossen waren, und über die Brücke. Beim Wegweiser Richtung Benchoile und Loch Muie bog er landeinwärts. An der schmalen, einspurigen Straße markierten schwarz und weiß gestrichene Pfosten die Ausweichstellen, aber es waren keine anderen Fahrzeuge unterwegs. Bei diesem Wetter wirkte die sonntägliche Ruhe bedrückend. Der eiskalte Wind, der durch alle Ritzen pfiff, machte Jock zu schaffen. Er zog den Schal bis zu den Ohren hoch und die Tweedmütze fast bis zur Nase herunter, beugte sich über das Lenkrad und ließ den Landrover, wie ein zuverlässiges Pferd, selbst seinen Weg finden, genau in der Spur, die er an diesem Morgen im Schnee hinterlassen hatte.

Jock dachte über die Worte des Pastors nach. Er hatte natürlich Recht. Ein guter Mensch, der sich Sorgen machte und versuchte, es nicht zu zeigen. Aber er hatte Recht.

Sie brauchen ein bisschen junge Gesellschaft.

Jock erinnerte sich daran, wie Benchoile früher gewesen war, als er und seine Brüder samt ihren Freunden das Haus mit Leben erfüllten, als die Halle vor Fischerstiefeln und Körben überquoll. Er erinnerte sich an Teegesellschaften auf dem Rasen unter den Birken, an die Schüsse, deren Echo im August über die sonnigen, mit lila Heidekraut bewachsenen Hügel hallte, an die Gäste, die bei ihnen übernachteten, wenn der Nordschottische Jagdverband seinen Ball in Inverness abhielt und Mädchen in langen, hübschen Kleidern die Treppe herunterkamen und der alte Kombiwagen davonbrauste, um noch mehr Gäste an der Bahnstation in Creagan abzuholen.

Aber diese Tage waren entschwunden, wie alles andere auch. Die Brüder waren ihren Jugendjahren entwachsen. Roddy hatte nie geheiratet; Charlie hatte eine Frau gefunden, noch dazu eine reizende, aber sie war Amerikanerin, und er war mit ihr in die Staaten gegangen und auf der Ranch seines Schwiegervaters im Südwesten von Colorado ein erfolgreicher Viehzüchter geworden. Obwohl Jock auch geheiratet hatte, waren ihm und Lucy die so heiß ersehnten Kinder versagt geblieben. Nur waren sie miteinander so glücklich gewesen, dass selbst dieses herbe Schicksal ihrer Zufriedenheit nichts anhaben konnte. Doch als Lucy vor fünf Jahren starb, da merkte Jock, dass er nie zuvor gewusst hatte, was es heißt, wirklich einsam zu sein.

Sie brauchen ein bisschen junge Gesellschaft.

Merkwürdig, dass der Pastor gerade heute auf John zu sprechen gekommen war, nur wenige Tage nachdem Jock ihm den Brief geschrieben hatte. Fast so, als hätte er es gewusst. Als Kind war John regelmäßig mit seinen Eltern auf Benchoile zu Besuch gewesen, und dann, als er älter wurde, allein mit seinem Vater. Ein stiller, ernster Junge, klüger, als es seinem Alter entsprach, und voller Wissbegierde, die in einem Strom endloser Fragen zum Ausdruck kam. Doch schon damals war Roddy sein Lieblingsonkel gewesen, und die beiden stromerten stundenlang durch die Gegend, suchten Muscheln oder beobachteten Vögel oder standen an ruhigen Sommerabenden am Bach, um an den tiefen Stellen ihre Angelruten auszuwerfen und Forellen zu fangen. In jeder Hinsicht ein liebenswerter Junge, mit dem man zufrieden sein konnte, und dennoch war Jock nie richtig an ihn herangekommen. Der Hauptgrund lag wohl darin, dass er Jocks unerschütterliche Leidenschaft für die Jagd nicht teilte. John konnte mit Wonne einen Fisch ködern, ihn fangen und auch töten. Diesen Sport beherrschte er schnell, aber er weigerte sich, mit einem Gewehr in die Berge zu gehen, und wenn er sich je an ein Wild heranpirschte, dann hatte er keine tödliche Waffe, sondern höchstens seine Kamera bei sich.

Deshalb war es Jock nicht leicht gefallen, diesen Brief zu schreiben. John war zehn Jahre lang nicht mehr auf Benchoile gewesen, und diese Zeitspanne hatte eine gähnende Leere hinterlassen, die Jock fast nicht mit Worten hatte überbrücken können. Nicht, so versicherte er sich hastig selbst, dass er den Jungen nicht gemocht hätte. Er hatte den achtzehnjährigen John Dunbeath als ausgeglichenen und zurückhaltenden jungen Mann mit unheimlich erwachsenen Manieren und Ansichten in Erinnerung. Jock hatte das an ihm geschätzt, seine Besonnenheit und sein höfliches, aber selbstbewusstes Auftreten dennoch ein wenig beunruhigend gefunden. Seither war die Verbindung zwischen ihnen abgerissen. Mittlerweile war auch so viel geschehen. Lucy war gestorben, und Jahre des Alleinseins waren ins Land gegangen. Charlie hatte natürlich regelmäßig geschrieben und ihn auf dem Laufenden gehalten. So hatte er erfahren, dass der Junge in Cambridge studiert, im Team der Universität Squash gespielt und sein Diplom in Volkswirtschaft mit Auszeichnung bestanden hatte. Danach war er nach New York zurückgekehrt und dort in die Warburg Investment Corporation eingetreten. Dass er diese Stelle bekommen hatte, war ausschließlich sein eigenes Verdienst gewesen, er hatte dazu keine Unterstützung seiner einflussreichen Verbindungen in Amerika gebraucht. Eine Zeit lang hatte er in Harvard noch Betriebswirtschaft studiert, und irgendwann, das konnte ja nicht ausbleiben, hatte er geheiratet. Charlie war als Vater zu loyal gewesen, als dass er Einzelheiten über diese unglückliche Verbindung preisgegeben hätte, doch Jock, der zwischen den Zeilen seines Bruders zu lesen verstand, hatte allmählich gemerkt, dass es um das junge Paar nicht zum Besten stand. So hatte es ihn zwar traurig gestimmt, aber nicht mehr überrascht, als er erfuhr, dass die Ehe in die Brüche gegangen war und die beiden die Scheidung eingereicht hatten. Nur gut, dass keine Kinder da waren.

Die Scheidung, schmerzhaft genug, wurde schließlich ausgesprochen, aber Johns Karriere, die von den seelischen Belastungen seines Privatlebens offensichtlich unberührt geblieben war, entwickelte sich weiterhin erfolgreich. Seine Berufung nach London war nur die jüngste Beförderung im Laufe seines stetigen Aufstiegs. Allerdings war das Bankwesen eine Welt, von der Jock Dunbeath nichts verstand, und das war noch ein Grund, weshalb er den Eindruck hatte, so gar keine Beziehung zu seinem amerikanischen Neffen zu haben.

Lieber John,
Dein Vater schreibt mir, dass Du jetzt wieder im Lande
bist und in London arbeitest.

Es wäre nicht so schwierig gewesen, wenn Jock das Gefühl gehabt hätte, dass zwischen ihm und dem jungen Mann irgendwelche Gemeinsamkeiten bestünden. Hätte es nur irgendetwas gegeben, wofür sie sich beide interessierten, dann hätte ihm das über den Anfang hinweggeholfen.

Falls es Dir gelingt, eine Weile freizubekommen, könntest Du
vielleicht in Erwägung ziehen, Dich auf die Reise in den Nor-
den zu machen und ein paar Tage auf Benchoile zu verbringen.

Jock war nie ein begnadeter Briefeschreiber gewesen, deshalb hatte er fast einen halben Tag dazu gebraucht, den Brief an John zu verfassen, und selbst dann war er mit dem Ergebnis noch nicht zufrieden. Dennoch hatte er seinen Namen darunter gesetzt, die Adresse auf den Umschlag geschrieben und ihn zugeklebt. Es wäre viel leichter gewesen, dachte er, wenn John nur ein bisschen Interesse für die Moorhuhnjagd gezeigt hätte.

Mit diesen Überlegungen brachte er die halbe Heimfahrt zu. Dann machte die schmale, verschneite Straße plötzlich eine Kurve, und der Loch Muie kam in voller Länge in Sicht, grau wie Eisen unter dem tief hängenden Himmel. In Davey Gutbries Haus brannte Licht, und am anderen Ende des Sees tauchten im Schutz einiger Kiefern, die sich schwarz gegen die schneebedeckten Berghänge abzeichneten, die Umrisse von Benchoile auf.

Aus grauem Stein und mit Blick nach Süden lag der lang gestreckte, niedrige Bau mit seinen Giebeln und Türmen jenseits einer ausgedehnten, zum See hin abfallenden Rasenfläche. Er war zu groß, zugig und kaum zu beheizen, in schlechtem Zustand und ständig reparaturbedürftig, dennoch war das sein Zuhause und der einzige Ort, an dem Jock sich in seinem ganzen Leben jemals wirklich gern aufgehalten hatte.

Zehn Minuten später war er angekommen. Er fuhr die letzte Steigung hinauf, durch das Tor, rumpelte über den Weiderost und verschwand in dem kurzen Tunnel aus wilden Rhododendronbüschen. Vor dem Haus mündete die Zufahrt in einen großen, mit Kies bedeckten Platz. Ein prächtiger steinerner Torbogen verband eine Ecke des Hauses mit dem ehemaligen Stallgebäude, in dem nun Jocks Bruder Roddy wohnte. Hinter dem Torbogen lag ein geräumiger, kopfsteingepflasterter Hof, der auf der gegenüberliegenden Seite von den Garagen begrenzt wurde, die ursprünglich für Kutschen und Jagdwagen gebaut worden waren, in denen aber jetzt neben Jocks altem Daimler der schon recht betagte grüne MG stand, in den Roddy seine Leibesfülle hineinzwängte, wenn ihn die Lust überkam, eine Spritztour in die Außenwelt zu unternehmen.

Neben diesen beiden so ganz und gar nicht zusammenpassenden Fahrzeugen stellte Jock Dunbeath im trüben Licht des düsteren Tages schließlich den Landrover ab, zog die Handbremse an und schaltete den Motor aus. Er nahm den zusammengefalteten Packen Sonntagszeitungen vom Beifahrersitz, stieg aus, schlug die Tür zu und ging in den Hof hinaus, in dem eine dicke Schneeschicht die Pflastersteine bedeckte. In Roddys Wohnzimmer brannte Licht. Vorsichtig, um nur ja nicht auszurutschen oder zu stürzen, bahnte sich Jock seinen Weg über den Hof bis zu Roddys Haustür und trat ein.

Obwohl es oft nur schlicht als Wohnung bezeichnet wurde, war Roddys Domizil eigentlich ein zweistöckiges Landhaus, das nach dem Krieg, als Roddy nach Benchoile zurückgekehrt war, aus den ehemaligen Stallungen entstanden war. Mit Feuereifer hatte er damals selbst den Umbau geleitet. Die Schlafräume und Badezimmer lagen im Erdgeschoss, und das Wohnzimmer sowie die Küche im ersten Stock waren über eine offene Teakholztreppe zugänglich, die an eine Schiffsleiter erinnerte.

Am Fuße dieser Treppe blieb Jock nun stehen und rief: «Roddy!»

Über seinem Kopf knarrten Roddys Schritte auf den Dielenbrettern. Gleich darauf tauchte oben die massige Gestalt seines Bruders auf, der sich über das Treppengeländer beugte und zu ihm herunterspähte.

«Ach, du bist es», sagte Roddy, als ob es auch jemand anders hätte sein können.

«Hab die Zeitungen mitgebracht.»

«Komm doch rauf! Verdammt mieses Wetter heute, was?»

Jock stieg die Treppe hinauf und kam direkt im Wohnzimmer an, in dem Roddy seine Tage zubrachte. Es war ein herrlicher Raum, groß und hell, mit schrägen Decken, die der Dachneigung folgten. Eine ganze Wand wurde von einem riesigen Panoramafenster eingenommen, das den Blick über den See und die Berge einrahmte, der einem bei schönem Wetter den Atem verschlug. Aber das, was an diesem Morgen zu sehen war, ließ einem die Seele gefrieren. Schnee und graues, vom Wind gepeitschtes Wasser mit weißen Schaumkronen, während die Hügel auf dem gegenüberliegenden Ufer in trübem Dunst verschwammen.

Es war unverkennbar der Wohnraum eines Mannes und dennoch geschmackvoll und sogar schön; mit vielen Büchern und einer Menge Dinge, die zwar nicht besonders wertvoll, aber hübsch anzusehen waren. Ein geschnitzter Kaminaufsatz, ein blau und weiß gemusterter Krug mit Pampasgras, ein Mobile aus wahrscheinlich japanischen Papierfischen. Auf dem mit Sand blank gescheuerten und gebohnerten Fußboden lagen da und dort Teppiche und Brücken. Die altmodischen Lehnsessel und das Sofa waren schon etwas durchgesessen, aber nicht minder einladend. Im offenen Kamin, der zur Zeit des Umbaus eigens angefertigt werden musste und sich dann als das Teuerste von allem herausstellte, knisterten auf einer Schicht aus bereits glühendem Torf ein paar Birkenscheite. Ein außergewöhnlicher und ziemlich einmaliger Geruch hing im Raum, eine Mischung aus Zigarrenrauch, verbranntem Torf und dem kräftigen Aroma von Leinöl.

Barney, Roddys alter Labrador, döste auf dem Kaminvorleger. Als Jock auftauchte, hob der Hund die schon ergraute Schnauze, dann gähnte er und schlief wieder ein.

«Bist du in der Kirche gewesen?», fragte Roddy.

«Ja.» Jock begann mit klammen Fingern seinen Überzieher aufzuknöpfen.

«Hast du gewusst, dass das Telefon tot ist? Da muss irgendwo eine Leitung zusammengebrochen sein.» Roddy warf seinem Bruder einen langen, prüfenden Blick zu. «Du siehst vor Kälte ganz blau aus. Trink doch was.» Schwerfällig bewegte er sich auf den Tisch zu, auf dem seine Flaschen und Gläser standen. Er hatte sich, wie Jock feststellte, bereits einen großen Whisky eingegossen. Jock trank für gewöhnlich untertags keinen Alkohol. Das war einer seiner Grundsätze. Doch seit der Pfarrer vorhin von seinem Sherry geredet hatte, spukte der ihm irgendwie im Kopf herum.

«Hast du Sherry da?»

«Nur die helle Sorte. Knochentrocken.»

«Der tut's allemal.»

Er zog den Mantel aus und stellte sich ans Feuer. Roddys Kaminsims war ständig mit allerlei verstaubtem Krimskrams übersät. Fotos, die sich an den Rändern aufrollten, alte Pfeifen, ein Becher voller Fasanenfedern und längst überholte, wahrscheinlich nie beantwortete Einladungen. An diesem Tag lehnte allerdings eine brandneue Karte an der Uhr, ein eindrucksvoller Kupferstich mit Goldrand und sehr pompös.

«Was ist denn das? Sieht ja aus wie eine königliche Order.»

«Nichts so Großartiges. Ein Dinner im *Dorchester*. Das Fernsehen verleiht wieder mal Preise. Für den besten Dokumentarfilm des Jahres. Gott weiß, warum sie mich dazu eingeladen haben. Ich dachte, sie hätten mich von all diesen Listen schon gestrichen. Abgesehen von den langweiligen Reden nach dem Dinner haben mir diese Veranstaltungen früher ja eigentlich Spaß gemacht. Hab dabei eine Menge neue, junge Schriftsteller kennen gelernt, neue Gesichter. War interessant, mit ihnen zu reden.»

«Fährst du hin?»

«Allmählich werde ich wohl zu alt, um für einen kostenlosen Kater durch die Lande zu reisen.» Er hatte seinen Whisky abgestellt, den Sherry und ein passendes Glas aus seinen Beständen herausgesucht und seinem Bruder eingeschenkt. Nun holte er noch eine glimmende, halb gerauchte Zigarre aus dem Aschenbecher, griff nach den beiden Gläsern und ging damit an den Kamin. «Wenn die Veranstaltung wenigstens in einer zivilisierten Gegend stattfände, wie etwa in Inverness, dann würde ich mich ja vielleicht dazu herablassen, etwas Geist in das sonst vulgäre Gequassel zu bringen. Aber so ...» Er erhob sein Glas. «Zum Wohl, alter Junge!»

Jock grinste. «Zum Wohl!»

Roddy war neun Jahre jünger als Jock. In ihrer Jugend war er der attraktivste der drei Brüder gewesen, der leichtsinnige Charmeur, der mehr Herzen gebrochen hatte, als sich mit Anstand zählen ließ, und der sein eigenes nie verloren hatte. Die Frauen beteten ihn an. Den Männern war er immer etwas unheimlich. Er sah zu gut aus, war zu schlau und zu talentiert in all den Dingen, in denen jegliches Talent als unmännlich galt. Er zeichnete, er schrieb und er spielte Klavier. Er konnte sogar singen.

Bei der Jagd schien er immer das hübscheste Mädchen in

seinem Unterstand zu haben, und oft genug vergaß er, dass er eigentlich Moorhühner abschießen sollte. Da war von ihm kein Laut, kein Schuss zu hören, während die Moorhühner reihenweise fröhlich über ihn hinwegsegelten, und wenn die Jagd zu Ende war, fand man ihn mit seiner Begleiterin ins Gespräch vertieft, die Flinte war unbenutzt, und sein Hund winselte frustriert zu seinen Füßen.

Von Natur aus brillant, hatte er die Schule durchlaufen, ohne jemals erkennbar auch nur einen Finger zu rühren, und er war mit Glanz und Gloria in Oxford eingezogen. Roddy Dunbeath hatte Trends ins Leben gerufen und neue Moden aufgebracht. Wo andere in Tweed herumliefen, zog er Kordsamt vor, und schon bald trugen alle Kordsamt. Er war Präsident des Theaterclubs der Universität und für seine Debattierkunst berühmt. Niemand war vor seinen geistreichen Witzeleien sicher, die in der Regel gutmütig waren, bisweilen allerdings auch bissig sein konnten.

Als der Krieg ausbrach, diente Jock bereits als Soldat bei den *Camerons*. Roddy, von einem tiefen Patriotismus getrieben, den er sich nie hatte anmerken lassen, trat an dem Tag in die Armee ein, an dem der Krieg erklärt wurde. Zu jedermanns Überraschung ging er zur Königlichen Marineinfanterie, weil die, wie er sagte, so schmucke Uniformen hatte; aber binnen kürzester Zeit wurde er für einen Kommandotrupp ausgebildet, kletterte an Seilen steile Klippen hinauf oder stürzte sich bei Übungsflügen mit fest geschlossenen Augen und mit einer Hand an der Reißleine seines Fallschirms aus einem Flugzeug.

Als alles vorbei war und im Land wieder Frieden herrschte, hatte Jock Dunbeath den Eindruck, dass jeder, der noch nicht verheiratet war, schleunigst dieses Versäumnis nachholte. Es brach eine regelrechte Heiratsepidemie aus, der auch Jock zum Opfer fiel. Roddy aber nicht. Er nahm sein ziviles Leben an dem Punkt wieder auf, an dem er es 1939 unterbrochen hatte. Er richtete sich auf Benchoile ein Zuhause ein und begann Bücher zu schreiben. *Die Adlerjahre* erschien als erstes, dann folgte *Der Wind in den Kiefern* und danach *Roter Fuchs*. Er erntete ersten Ruhm, ging auf Lesereisen, hielt Tischreden und trat im Fernsehen auf.

Mittlerweile hatte er etwas zugenommen. Während Jock dünn und hager blieb, wurde Roddy korpulent. Nach und nach wuchs sein Umfang, er bekam ein Doppelkinn, und die hübschen Gesichtszüge verloren sich in Hängebacken. Dennoch hatte er nichts von seiner Anziehungskraft eingebüßt, und wenn den Klatschspalten der Tageszeitungen die delikaten Meldungen aus Adelskreisen ausgingen, dann brachten sie verschwommene Fotos von Roddy Dunbeath *(Die Adlerjahre)* beim Dinner mit Mrs. Soundso, die, wie jeder wusste, einem ausschweifenden Leben frönte.

Aber die Jugend war dahin, mit den Jahren entschwunden, und allmählich verblasste auch Roddys bescheidener Ruhm. In London nicht mehr gefeiert, kehrte er, wie er das immer getan hatte, nach Benchoile heim. Er verfasste kurze Artikel für Zeitschriften, Fernsehdrehbücher für Naturfilme und sogar kleine Berichte für die Lokalblätter. Nichts konnte ihn verändern. Er blieb ganz der alte Roddy, charmant und geistreich, ein mitreißender Erzähler und nach wie vor bereit, sich in seine Samtjacke zu zwängen und meilenweit über finstere Landstraßen zu fahren, um bei irgendeiner weit entfernten Dinnerparty mitzuhalten. Und – was noch erstaunlicher war – irgendwie schaffte er es auch, in den frühen Morgenstunden wieder nach Hause zu finden, schon im Halbschlaf und randvoll mit Whisky.

Denn Roddy trank zu viel. Nicht dass er jemals die Kontrolle über sich verloren hätte oder ausfallend geworden wäre, aber dennoch traf man ihn nur selten ohne ein Glas in der Hand an. Sein Leben wurde immer geruhsamer. Er, der von jeher körperlich träge gewesen war, wurde nun chronisch faul. Schließlich konnte er sich kaum noch dazu aufraffen, auch nur bis Creagan zu fahren. Er kapselte sich auf Benchoile ein.

«Wie sehen denn die Straßen aus?», fragte er nun.

«Es geht. Im MG wärst du allerdings nicht weit gekommen.»

«Hab auch nicht die leiseste Lust, irgendwohin zu fahren.» Er nahm den Zigarrenstummel aus dem Mund und warf ihn ins Feuer, wo er mit einer kleinen Stichflamme verbrannte. Dann bückte Roddy sich, holte ein paar Holzscheite aus dem großen Korb, der neben dem Kamin stand, und legte sie auf die Glut. Torfasche wirbelte in einer Wolke auf. Das Holz begann zu knistern und fing Feuer. Unter lautem Knall stoben ein paar Funken auf den alten Kaminvorleger, wo Roddy sie mit seinen derben Schuhen austrat, während Jock der Geruch von versengter Wolle in die Nase stieg.

«Du solltest dir einen Ofenschirm zulegen», sagte Jock.

«Ich kann diese Dinger nicht ausstehen. Außerdem halten sie die ganze Wärme ab.» Nachdenklich blickte er auf sein

Feuer hinunter. «Hab schon überlegt, ob ich mir nicht so einen Kettenvorhang besorgen soll. Neulich hab ich einen in einer Werbeanzeige gesehen, aber jetzt kann ich mich nicht mehr daran erinnern, wo das war.» Er hatte seinen Whisky ausgetrunken und steuerte wieder den Tisch mit den Flaschen an. Da sagte Jock: «Du hast keine Zeit mehr, noch einen zu trinken. Es ist schon nach eins.»

Roddy schaute auf die Uhr. «Ach, du meine Güte, tatsächlich. Ein Wunder, dass Ellen noch nicht ihren allwöchentlichen Brüller losgelassen hat. Kannst du sie denn nicht dazu überreden, dass sie den alten Gong benutzt? Sie könnte doch damit in den Hof gehen und ihn dort schlagen. Es wäre doch viel standesgemäßer, wenn ich sonntags durch das feierliche Dröhnen eines Gongs zum Essen ins Gutshaus gerufen würde. Alles nur eine Frage des Stils. Wir dürfen uns nicht gehen lassen, Jock. Wir müssen den Schein wahren, auch wenn niemand da ist, der unsere Bemühungen zu schätzen weiß. Denk doch an die Gründer des britischen Weltreichs, die noch im Dschungel in gestärkten Hemden und mit schwarzer Krawatte gespeist haben. Immer Haltung bewahren!»

Der Sherry hatte Jocks Zunge ein wenig gelöst. Deshalb erzählte er seinem Bruder: «Heute Morgen hat der Pastor gemeint, wir könnten ein bisschen junge Gesellschaft auf Benchoile brauchen.»

«Hm, keine schlechte Idee.» Unschlüssig betrachtete Roddy die Whiskyflasche, besann sich eines Besseren und goss sich stattdessen noch einen kleinen Sherry ein. «Stramme Burschen und hübsche Mädchen. Was ist eigentlich aus all den jungen Verwandten von Lucy geworden? Das Haus wimmelte früher von Neffen und Nichten. Die wuselten hier doch überall rum, wie Mäuse.»

«Sie sind inzwischen erwachsen. Haben geheiratet. Das ist aus ihnen geworden.»

«Veranstalten wir doch ein großes Familientreffen, und lassen wir sie alle wieder herkommen. Oder wir setzen eine Anzeige in die *Times*. ‹Die Dunbeaths von Bechoile suchen dringend junge Gesellschaft. Alle Anfragen werden sorgfältig geprüft.› Da könnten wir recht lustige Zuschriften kriegen.»

Jock dachte an den Brief, den er John geschrieben hatte. Er hatte Roddy nichts davon erzählt. Vorsichtshalber hatte er beschlossen, ihn erst dann ins Vertrauen zu ziehen, wenn er von John eine Antwort erhielt.

Aber nun geriet dieser Entschluss ins Wanken. Er und Roddy sahen einander so selten, und es kam nicht oft vor, dass sie so ungezwungen und freundschaftlich miteinander umgingen wie in diesem Moment. Wenn er die Sache mit John jetzt zur Sprache brachte, dann konnten sie beim Mittagessen darüber reden. Irgendwann musste das schließlich alles einmal in Ruhe geklärt werden. Er trank den Sherry aus, dann gab er sich einen Ruck und sagte: «Roddy ...»

Doch weiter kam er nicht. Unten hämmerte es an die Tür, und als sie aufgerissen wurde, strömte ein Schwall eiskalter Luft herein. Eine schrille, kreischende Stimme schallte die Treppe herauf.

«Es ist ein Uhr durch. Haben Sie das denn nicht gewusst?»

Mit resignierter Miene sagte Roddy: «Doch, Ellen, wir haben es gewusst.»

«Ist der Colonel bei Ihnen?»

«Ja, er ist hier.»

«Ich hab den Landrover in der Garage gesehen, aber er hat sich im Gutshaus nicht blicken lassen. Sie beide kommen jetzt wohl besser rüber, sonst wird der Vogel ungenießbar.» Ellen hatte nie viel von Förmlichkeiten gehalten.

Jock stellte das leere Glas ab und holte seinen Mantel. «Wir kommen ja, Ellen», sagte er. «Wir sind schon auf dem Weg.»

Dass die Telefonleitung zusammengebrochen und der Apparat gestört war, kümmerte Roddy Dunbeath nur wenig. Während andere an einem einzigen Vormittag sechs- oder siebenmal versuchten, jemanden anzurufen, verzweifelt mit dem Hörer herumfuchtelten und schließlich in den Schnee hinausstapften, um die nächste funktionierende Telefonzelle zu finden, blieb Roddy völlig gelassen. Es gab niemanden, mit dem er sich in Verbindung setzen wollte. Ja, er genoss sogar das Gefühl, ungestört und unerreichbar zu sein.

Deshalb zuckte er zunächst erschreckt zusammen, als am Montagvormittag um halb zwölf das Telefon auf seinem Schreibtisch plötzlich doch schrillte, und dann ärgerte er sich darüber.

In der Nacht hatte der Wind erst alle Wolken weggeblasen und sich danach gelegt. Es war spät hell geworden, aber der Morgen war klar und still. Der Himmel erstrahlte in bleichem, arktischem Blau. Die Sonne, die über dem See heraufzog, tauchte die verschneite Landschaft in ein zartes Rosa, das allmählich in blendendes Weiß überging. Auf dem Rasen vor dem Haus hatten Kaninchen und Feldhasen mit ihren kreuz und quer verlaufenden Fährten ein Muster in den Schnee gezeichnet. Auch ein Reh hatte sich eingefunden, um an den jungen Büschen zu knabbern, die Jock noch im Herbst gepflanzt hatte, und die Schatten der Bäume sahen wie lange, rauchblaue Schrammen aus. Als die Sonne über die Bergkuppen kletterte, nahm der Himmel ein tiefes Blau an, das sich im Wasser des Sees spiegelte. Der Raureif glitzerte, und die eiskalte Luft war so still, dass Roddy, als er sein Fenster öffnete, um eine Hand voll Krümel für die Vögel hinauszustreuen, die Schafe blöken hörte, die auf den Hängen am anderen Ende des Sees nach Gras suchten.

Es war kein Tag, der großen Tatendrang weckte, aber da der Abliefertermin bedrohlich näher rückte, hatte Roddy sich mit einer gewissen Entschlossenheit darangemacht, den ersten Entwurf seines Artikels für *The Scottish Field* fertig zu schreiben. Kaum hatte er das hinter sich, gab er sich erneut der Trägheit hin und saß mit einer Zigarre und dem gezückten Fernglas am Fenster. Er beobachtete Graugänse, die auf den Stoppelfeldern hinter den Kiefern nach Futter suchten. Manchmal, bei so strengem Frost wie an diesem Tag, fielen sie zu Tausenden hier ein.

Da klingelte das Telefon. «Verdammt nochmal!», fluchte er laut, und beim Klang seiner Stimme hob Barney auf dem Kaminvorleger den Kopf und wedelte aufgeregt mit dem Schwanz. «Schon gut, alter Junge, du kannst ja nichts dafür.» Er legte das Fernglas weg, stand auf und ging widerstrebend hin, um abzuheben.

«Roddy Dunbeath.»

Er hörte ein seltsames Piepsen. Einen Augenblick lang

hoffte er schon, das lästige Instrument sei immer noch gestört, doch dann verstummte das Piepsen, eine Stimme meldete sich, und Roddys Hoffnung schwand.

«Ist dort Benchoile?»

«Ja, das Stallgebäude. Roddy Dunbeath am Apparat.»

«Roddy, hier spricht Oliver Dobbs.»

Nach einer kurzen Pause fragte Roddy: «Wer?»

«Oliver Dobbs.» Es war eine angenehme, tiefe und noch junge Stimme, die Roddy entfernt bekannt vorkam. Er kramte ohne erkennbaren Erfolg in seinem unzuverlässigen Gedächtnis.

«Keine Ahnung, wer Sie sind, alter Junge.»

«Wir haben uns vor ein paar Jahren bei einem Dinner in London kennen gelernt. Wir saßen nebeneinander ...»

Die Erinnerung erwachte. Natürlich, Oliver Dobbs! Ein blitzgescheiter junger Mann. Ein Schriftsteller. Hatte damals irgendeinen Preis gekriegt. Sie hatten sich glänzend amüsiert. «Na klar, jetzt weiß ich's wieder.» Er griff nach hinten, zog sich einen Stuhl heran und stellte sich auf ein längeres Gespräch ein. «Mein lieber Junge, wie schön, dass Sie sich mal melden! Von wo rufen Sie an?»

«Aus dem Lake District.»

«Was machen Sie denn im Lake District?»

«Ich gönne mir ein paar freie Tage und bin auf dem Weg nach Schottland.»

«Da kommen Sie doch wohl auch hierher.»

«Deshalb rufe ich ja an. Ich hab's gestern schon versucht, aber da hieß es, die Telefonleitungen seien zusammengebrochen. Als wir uns kennen lernten, haben Sie mich eingeladen,

Sie auf Benchoile zu besuchen, und ich fürchte, ich nehme Sie beim Wort.»

«Da gibt's nichts zu fürchten. Ich wüsste nicht, was mir lieber wäre.»

«Wir dachten, wir könnten vielleicht kommen und ein paar Tage bleiben.»

«Natürlich müssen Sie herkommen.» Die Aussicht auf ein paar Tage in der Gesellschaft dieses lebhaften und intelligenten jungen Mannes munterte Roddy auf. Dennoch fragte er: «Wer ist *wir*?»

«Na ja, das ist der wunde Punkt», sagte Oliver Dobbs. «Wir sind nämlich gewissermaßen eine Familie. Victoria und ich und Thomas. Er ist erst zwei, aber er macht keine großen Umstände und ist ziemlich brav. Hätten Sie denn genug Platz für uns alle? Victoria meint, wenn nicht, dann könnten wir uns auch in einem Pub einquartieren, falls es in Ihrer Nähe so etwas gibt.»

«Hab noch nie einen solchen Blödsinn gehört.» Roddy war entrüstet. Benchoile war immer für seine Gastfreundschaft berühmt gewesen. Zugegeben, während der letzten fünf Jahre, seit Lucys Tod, waren die Eintragungen in dem abgegriffenen, ledergebundenen Gästebuch, das auf dem Tisch in der Halle des Gutshauses lag, rar geworden, aber das hieß doch nicht, dass man nicht noch immer jeden, der zu Besuch kam und eine Weile bleiben wollte, herzlich aufnahm. «Natürlich müssen Sie herkommen. Wann werden Sie hier eintreffen?»

«Wäre der Donnerstag recht? Wir haben uns vorgenommen, an der Westküste entlangzufahren. Victoria ist noch nie im Hochland gewesen.»

«Fahren Sie über Strome Ferry und Achnasheen.» Roddy kannte die schottischen Landstraßen wie seine Westentasche. «Und dann runter nach Strath Oykel Richtung Lairg. So eine Landschaft haben Sie in Ihrem ganzen Leben noch nicht gesehen.»

«Liegt da oben bei Ihnen Schnee?»

«Wir hatten eine ganze Menge, aber jetzt ist das Wetter wieder schön geworden. Bis Sie hier sind, müssten die Straßen wieder frei sein.»

«Und es macht Ihnen bestimmt nichts aus, wenn wir kommen?»

«Ich freue mich riesig. Wir erwarten Sie also am Donnerstag so gegen Mittag. Und bleiben Sie», fügte er mit der Überschwenglichkeit des künftigen Gastgebers hinzu, dem es völlig fern lag, sich mit so leidigen Dingen wie Bettzeuglüften, Staubwischen und Essenkochen abzugeben, «bleiben Sie, solange Sie wollen.»

Der Anruf, der aus heiterem Himmel gekommen war, hatte Roddy in freudige Erregung versetzt. Nachdem er den Hörer wieder aufgelegt hatte, blieb er noch eine Weile sitzen, rauchte seine Zigarre zu Ende und malte sich mit der Zufriedenheit eines kleinen Jungen den bevorstehenden Besuch aus.

Er hatte gern junge Leute um sich. Obwohl ihm die zunehmende Leibesfülle zu schaffen machte und das herannahende Alter sein Haar allmählich schütter werden ließ, hielt er sich immer noch für jung, denn innerlich war er jung geblieben. Mit Vergnügen erinnerte er sich daran, wie zwischen ihm und Oliver Dobbs sofort der Funke übergesprungen war. Wie sie dieses Dinner mit ernsthaften Gesichtern durchgestanden hatten und bei den endlosen Reden, die kein Klischee aussparten, vor unterdrücktem Lachen beinahe geplatzt waren.

Irgendwann hatte Oliver ihm, aus dem Mundwinkel heraus, eine Bemerkung über den Brustumfang der Dame am Tisch gegenüber zugeflüstert, und da hatte Roddy gedacht: Du bist wie ich. Vielleicht war das der Grund. Oliver war wie sein zweites Ich, wie der junge Mann, der Roddy einst gewesen war. Oder vielleicht auch nur wie der junge Mann, der er unter anderen Umständen gern gewesen wäre, wenn er in eine andere Welt hineingeboren worden wäre, wenn es keinen Krieg gegeben hätte.

Diese Freude musste er mit jemandem teilen. Nicht nur das, er musste auch Ellen Tarbat Bescheid sagen. Sie würde das Gesicht verziehen, den Kopf schütteln und die Nachricht mit der Ergebenheit einer Märtyrerin aufnehmen. Aber das war normal und hatte nichts zu bedeuten. Ellen verzog immer das Gesicht und schüttelte den Kopf und schaute wie eine Märtyrerin drein, selbst wenn man ihr ausnahmsweise eine frohe Botschaft überbrachte.

Roddy drückte die Zigarre aus, erhob sich von seinem Stuhl und stieg, ohne sich die Mühe zu machen, einen Mantel anzuziehen, die Treppe hinunter. Sein Hund folgte ihm. Gemeinsam gingen sie in die Kälte hinaus, über die vereisten Pflastersteine des Hofs, und betraten das Gutshaus durch die Hintertür.

Die Gänge, die vor ihnen lagen, waren kalt, mit Steinplatten belegt und scheinbar endlos. Links und rechts führten Türen in Kohlenschuppen, Holzschuppen, Waschküchen, Lagerräume, Keller und Speisekammern. Schließlich gelangte Roddy durch eine mit grünem Filz bespannte Tür in die große Halle des alten Hauses. Hier war es ein paar Grad wärmer. Die Sonne schien durch die hohen Fenster und den verglasten Windfang. Sie warf lange Strahlen, in denen Staubkörnchen tanzten, auf den orientalischen Treppenläufer und ließ das Feuer, das in dem riesigen Kamin schwelte, zu einem Häufchen Asche verblassen. Roddy blieb stehen, nahm ein paar Torfstücke aus dem Korb und legte sie auf die Glut. Dann machte er sich auf die Suche nach seinem Bruder.

Er fand Jock, wie könnte es auch anders sein, in der Bibliothek, wo er an dem aus der Mode geratenen Rollpult saß, das schon ihrem Vater gehört hatte, und sich mit endlosen Zahlenkolonnen und dem Papierkram herumschlug, den die Verwaltung des Bauernhofs mit sich brachte.

Nach Lucys Tod war der große Salon in stillschweigendem Einverständnis zugeschlossen und nicht mehr benutzt worden, und seither brachte Jock seine Tage hauptsächlich hier zu. Die Bibliothek war einer von Roddys Lieblingsräumen, schäbig und verwohnt, mit Wänden voller Bücher, und die alten lederbezogenen Sessel waren durchgesessen und so angenehm vertraut wie alte Freunde. Auch hier schien an diesem Tag die bleiche Wintersonne herein. Im offenen Kamin prasselte ebenfalls ein Feuer, vor dem zwei Golden Retriever, die beiden Jagdhunde seines Bruders, dösten.

Als Roddy die Tür öffnete, hob Jock den Kopf und blickte ihn über den Rand der Brille an, die ihm für gewöhnlich bis zur Spitze seiner langen Hakennase hinunterrutschte. «Guten Morgen», sagte Roddy.

«Hallo.» Jock nahm die Brille ab und lehnte sich auf dem Stuhl zurück. «Was verschafft mir die Ehre?»

Roddy kam herein und schloss die Tür. «Ich bringe erfreuliche Kunde.» Jock wartete höflich darauf, erfreut zu werden. «Man könnte sogar sagen, ich sei so etwas wie eine gute Fee, die dir all deine Wünsche erfüllt.»

Jock wartete immer noch ab. Roddy lächelte, während er sein Gewicht vorsichtig dem Lehnsessel neben dem Kamin anvertraute. Nach seinem Marsch über den Hof und durch die eisigen Gänge von Benchoile hatte er kalte Füße, deshalb schlüpfte er aus seinen Schuhen und bewegte die Zehen in der Wärme. In einem Strumpf hatte er ein Loch. Er würde wohl Ellen bitten müssen, es zu stopfen.

«Weißt du, erst gestern hast du mir erzählt, der Pastor in Creagan habe gemeint, wir könnten auf Benchoile ein bisschen junge Gesellschaft brauchen. Nun, wir kriegen sie.»

«Wen kriegen wir?»

«Einen reizenden und intelligenten jungen Mann namens Oliver Dobbs und das, was er ‹gewissermaßen› seine Familie nennt.»

«Und wer ist Oliver Dobbs?»

«Wenn du nicht so ein alter Reaktionär wärst, hättest du schon von ihm gehört. Ein sehr kluger Junge, der mit einer ganzen Reihe literarischer Erfolge von sich reden gemacht hat.»

«Oh», sagte Jock. «Einer von denen.»

«Du wirst ihn mögen.» Unglaublich, aber Jock würde ihn wahrscheinlich wirklich mögen. Roddy hatte seinen Bruder einen Reaktionär genannt, doch Jock war nichts dergleichen.

Er war durch und durch liberal. Hinter seiner scheinbaren Gefühlskälte und dem Stolz eines Adlers verbarg sich sein wahres Wesen, freundlich, tolerant, wohlerzogen. Er hatte nie jemanden auf Anhieb abgelehnt. Auf seine zurückhaltende und bescheidene Art war Jock stets willens und bereit gewesen, den Standpunkt eines anderen zu begreifen.

«Und was», fragte Jock sanft, «bedeutet dieses ‹gewissermaßen›?»

«Das weiß ich nicht so genau, aber was es auch sein mag, wir werden's wohl vor Ellen geheim halten müssen.»

«Wann kommen sie?»

«Am Donnerstag. Gegen Mittag.»

«Wo werden sie schlafen?»

«Ich dachte, hier, im Gutshaus. Da ist mehr Platz.»

«Das musst du Ellen beibringen.»

«Dafür kratze ich ja schon meinen ganzen Mut zusammen.»

Jock warf ihm einen langen, belustigten Blick zu, und Roddy grinste. Dann rieb Jock sich die Augen wie jemand, der die ganze Nacht nicht geschlafen hat, und fragte, während er auf die Uhr schaute: «Wie spät ist es eigentlich?» Roddy, der liebend gern etwas getrunken hätte, sagte, es sei gerade zwölf, aber Jock merkte die Anspielung nicht oder überhörte sie geflissentlich und erklärte: «Ich mache einen Spaziergang.»

Roddy unterdrückte seine Enttäuschung. Dann würde er eben in sein eigenes Haus hinübergehen und sich dort etwas zu trinken eingießen. «Es ist ein schöner Morgen.»

«Ja», sagte Jock. Er sah aus dem Fenster. «Sehr schön. So ist Benchoile am schönsten.»

Sie redeten noch eine Weile, und dann machte sich Roddy

tapfer auf den Weg in die Küche, um Ellen zu suchen. Jock stand vom Schreibtisch auf, verließ mit seinen Hunden den Raum und schritt durch die Halle zur Waffenkammer. Er holte einen Jagdrock heraus, streifte die Hausschuhe ab und stieg in grüne Gummistiefel. Dann nahm er seine Mütze vom Haken und zog sie sich bis zur Nase. Nun schlang er sich noch einen dicken Schal um den Hals. In der Rocktasche fand er gestrickte Halbhandschuhe, die er überzog. Seine Finger ragten aus den offenen Enden heraus, geschwollen und rot wie Rindswürste.

Er griff nach seinem Stock, einem langen Hirtenstab. Voller Dankbarkeit ging er aus dem Haus. Die eisige Luft schlug ihm entgegen, und er spürte, wie die beißende Kälte in seine Lunge strömte. Seit Tagen war ihm nicht wohl. Er führte das auf die Müdigkeit und auf das grimmige Wetter zurück, aber nun, in der kargen Wärme der Februarsonne, fühlte er sich ganz plötzlich etwas besser. Vielleicht sollte er sich mehr im Freien aufhalten, aber man brauchte schon gute Gründe, um sich dazu zu überwinden.

Während er mit schweren Schritten auf dem knirschenden Schnee zum See hinunterstapfte, dachte er an die jungen Leute, die Roddy eingeladen hatte, und die Aussicht schreckte ihn nicht, wie das bei vielen Männern in seinem Alter vielleicht der Fall gewesen wäre. Er mochte junge Leute genauso gern wie sein Bruder, nur hatte er immer eine gewisse Scheu vor ihnen gehabt, hatte nie gut mit ihnen umgehen können. Er wusste, dass seine Art und seine kerzengerade, soldatische Erscheinung abweisend wirkten, aber was konnte man schon dagegen tun, wie man aussah? Vielleicht wäre es anders gewesen, wenn er eigene Kinder gehabt hätte. Bei eigenen Kindern brauchte man nicht erst Barrieren der Schüchternheit zu überwinden.

Logierbesuch! Sie mussten die Räume noch herrichten, Kaminfeuer anzünden und vielleicht sogar das alte Kinderzimmer wieder benutzen. Er hatte ganz vergessen, Roddy nach dem Alter des Kindes zu fragen. Schade, dass sie nicht fischen gehen konnten, aber das Boot war aufgebockt und das Bootshaus über Winter zugeschlossen.

Seine Gedanken schweiften in die Vergangenheit zurück, zu anderen Gästen, die bei ihnen gewohnt hatten, zu anderen Kindern. Er dachte an die Zeit, in der er und seine Brüder noch klein gewesen waren, an ihre Freunde und dann an Lucys zahlreiche kleine Neffen und Nichten. Karnickelsippschaft hatte er sie scherzhaft genannt. Er lächelte in sich hinein. Karnickelsippschaft!

Inzwischen hatte er das Ufer des Sees erreicht, der sich vor ihm erstreckte. Am Rand hatte sich eine Eisschicht gebildet, aus der vereinzelte, winterlich fahle Schilfbüschel herausragten. Zwei Kiebitze flogen über ihn hinweg, und Jock legte den Kopf in den Nacken, um ihnen nachzusehen. Die Sonne blendete ihn. Er hob eine Hand und schirmte die Augen ab. Seine Hunde schnüffelten im Schnee, weil sie aufregende Gerüche witterten. Dann erkundeten sie mit kurzen, hastigen Sprüngen das Eis, waren aber nicht tapfer oder vielleicht nicht tollkühn genug, um sich auf die glänzende Fläche hinauszuwagen.

Es war wirklich ein schöner Tag. Jock drehte sich um und schaute zum Haus zurück. Etwas erhöht lag es jenseits des verschneiten Rasens, vertraut, geliebt, sicher. Die Fenster blinkten im Sonnenschein, Rauch quoll aus den Schornsteinen und stieg in der windstillen Luft senkrecht empor. Es roch nach Moos, Torf und nach Fichtenharz. Hinter dem Haus reckten sich die Berge in den blauen Himmel. Seine Berge. Der Berg Benchoile. Jock fühlte sich ungemein zufrieden.

Die junge Gesellschaft war im Anmarsch. Sie würden am Donnerstag ankommen. Es würde wieder Gelächter zu hören sein, Stimmen, Schritte auf der Treppe. Benchoile erwartete sie.

Er wandte sich wieder vom Haus ab und setzte seinen Spaziergang fort, den Stock in der Hand, die Hunde dicht hinter ihm, in unbeschwerter Stimmung.

Als er zum Mittagessen nicht auftauchte, begann Ellen sich Sorgen zu machen. Sie ging an die Haustür und hielt nach ihm Ausschau, sah aber nur die einsame Spur seiner Fußstapfen, die zum See hinunterführte. Er war schon oft zu spät gekommen, aber jetzt regten sich in ihr die Instinkte der Hochländerin in düsterer Vorahnung. Sie suchte Roddy auf. Er rief Davey Guthrie an, der kurz danach in seinem Lieferwagen erschien, und die beiden Männer zogen gemeinsam los, um Jock zu suchen.

Die Suche war nicht mühsam, denn seine Fußstapfen und die Spuren der Hunde waren im Schnee deutlich zu erkennen. Sie fanden alle drei neben dem Bruchsteindamm. Jock lag reglos da, mit heiterem, der Sonne zugewandtem Gesicht. Die Hunde winselten ängstlich, doch es war sofort klar, dass ihr Herr nie wieder Angst empfinden würde.

Ein unvergesslicher Abend

❋

Alice Stockman saß unter der Trockenhaube, die Haare auf Wickler gedreht und am Kopf festgesteckt. Sie verzichtete auf die angebotenen Illustrierten, öffnete stattdessen ihre Handtasche, nahm den Notizblock nebst dazugehörigem Bleistift heraus und ging zum vielleicht vierzehnten Mal ihre Liste durch.

Das Aufstellen von Listen lag ihr nicht besonders, sie neigte vielmehr dazu, alles mehr oder weniger dem Zufall zu überlassen. Sie war eine unbeschwerte Hausfrau, der lebenswichtige Dinge wie Brot, Butter und Spülmittel häufig ausgingen und die sich dennoch – jedenfalls für ein, zwei Tage – die Fähigkeit des Improvisierens sowie die eingefleischte Überzeugung bewahrte, dass es ohnehin keine Rolle spiele.

Nicht dass sie nicht ab und zu Listen aufstellte, aber sie tat es stets impulsiv und benutzte dazu jedes beliebige Stück Papier, das ihr in die Hände fiel. Die Rückseite eines Briefumschlages, Scheckheftabschnitte, alte Rechnungen. Das verlieh dem Leben etwas Rätselhaftes. *Lampenschirm. Wie viel?* fand sie etwa auf eine Empfangsbestätigung für Kohlen gekritzelt, die vor sechs Monaten geliefert worden waren, und sie versuchte sich eine Minute lang krampfhaft zu erinnern, was diese Botschaft bedeuten könnte. Was für ein Lampenschirm? Und wie viel hatte er gekostet?

Seit sie aus London aufs Land gezogen waren, hatte sie sich bemüht, ihr neu erworbenes Haus nach und nach einzurichten und umzugestalten, aber sie hatten nie genug Zeit oder Geld übrig – die zwei kleinen Kinder nahmen beides fast vollständig in Anspruch –, und so gab es immer noch Zimmer mit der falschen Tapete oder ohne Teppiche.

Diese Liste jedoch war etwas anderes. Diese Liste war für morgen Abend und so wichtig, dass Alison eigens dafür den kleinen Notizblock nebst dazugehörigem Bleistift erstanden und mit äußerster Konzentration detailliert alles aufgeschrieben hatte, was gekauft, gekocht, poliert, geputzt, gewaschen, gebügelt oder geschält werden musste.

Esszimmer saugen, Silber putzen. Diese Punkte hakte sie ab. *Tisch decken.* Das wurde ebenfalls abgehakt. Sie hatte den Tisch heute Morgen gedeckt, als Larry im Kindergarten war und Janey in ihrem Gitterbettchen schlief. «Werden die Gläser nicht staubig?», hatte Henry gefragt, als sie ihm von ihrem Vorhaben erzählte, doch Alison versicherte ihm, sie würden nicht staubig, und außerdem würden sie bei Kerzenlicht essen, wenn also die Gläser staubig sein sollten, würden Mr. und Mrs. Fairhurst es vermutlich nicht sehen können. Und überhaupt, wer hatte je von staubigen Weingläsern gehört?

Rinderfilet bestellen. Auch der Punkt bekam ein Häkchen. *Kartoffeln schälen.* Noch ein Häkchen; die Kartoffeln lagen in einer Schüssel mit Wasser in der Speisekammer. *Garnelen auftauen.* Das musste sie morgen früh erledigen. *Mayonnaise ma-*

chen. Salat putzen. Pilze putzen. Mutters Zitronensoufflé machen. Schlagsahne kaufen. Sie hakte *Schlagsahne kaufen* ab, aber alles Übrige musste bis morgen warten.

Sie schrieb: *Blumenschmuck.* Das hieß die ersten schüchternen Narzissen pflücken, die soeben im Garten aufblühten, und sie mit blühenden Johannisbeerzweigen arrangieren, die hoffentlich nicht das ganze Haus nach Katzendreck riechen ließen.

Sie schrieb: *Die besten Kaffeetassen spülen.* Diese waren ein Hochzeitsgeschenk und wurden in einem Eckschrank im Wohnzimmer aufbewahrt. Sie würden zweifellos staubig sein, auch wenn es die Weingläser nicht waren.

Sie schrieb: *In die Badewanne gehen.*

Das war ganz wichtig, und wenn sie es morgen Nachmittag um zwei Uhr tat. Am besten, nachdem sie die Kohlen geholt und den Korb mit dem Feuerholz gefüllt hatte.

Sie schrieb: *Stuhl flicken.* Alison hatte bei einer Versteigerung sechs kleine Esszimmerstühle mit geschweiften Rückenlehnen erstanden. Sie hatten grüne, mit Goldborte eingefasste Samtsitze, und Larrys Kater mit dem originellen Namen Catkin, Kätzchen, hatte einen davon zum Schärfen seiner Krallen benutzt. Die Borte hatte sich gelöst und hing unordentlich herunter. Alison wollte sie mit Klebstoff und Heftklammern befestigen. Es spielte keine Rolle, wenn es nicht besonders gut wurde. Es durfte nur nicht zu sehen sein.

Sie steckte die Liste wieder in ihre Handtasche und dachte trübsinnig an ihr Esszimmer. Dass sie heutzutage überhaupt ein Esszimmer hatten, war erstaunlich, aber in Wahrheit war es ein so unansehnliches, nach Norden gelegenes Kabuff, dass niemand es für einen anderen Zweck haben wollte. Sie hatte es Henry als Arbeitszimmer vorgeschlagen, doch Henry sagte, es sei verdammt kalt, und dann hatte sie gemeint, Larry könnte seinen Spielzeugbauernhof dort aufstellen, aber Larry zog es vor, mit seinem Bauernhof auf dem Küchenfußboden zu spielen. Sie benutzten den Raum nie als Esszimmer, denn sie nahmen alle Mahlzeiten in der Küche ein, oder im Garten, wenn es im Sommer warm genug war, um im Schatten des Ahornbaumes zu picknicken.

Ihre Gedanken schweiften schon wieder ab, wie gewöhnlich. Das Eßzimmer. Es war so düster, dass nichts es noch düsterer hätte machen können, und so hatten sie es dunkelgrün tapeziert, passend zu den Samtvorhängen, die Alisons Mutter auf ihrem reichhaltigen Speicher ausfindig gemacht hatte. Das Zimmer enthielt einen Ausziehtisch, die Stühle mit den geschweiften Lehnen und ein viktorianisches Buffet, das ihnen eine Tante von Henry vermacht hatte, und daneben zwei monströse Gemälde. Die hatte Henry beigesteuert. Er hatte auf einer Versteigerung ein Kamingitter aus Messing erstanden und sich darüber hinaus als Besitzer dieser deprimierenden Bilder wiedergefunden. Das eine stellte einen Fuchs dar, der eine tote Ente vertilgte, das andere ein Hochlandrind, das im strömenden Regen stand.

«Dann sind die Wände nicht so kahl», hatte Henry gesagt und die Bilder im Esszimmer aufgehängt. «Sie müssen genügen, bis ich es mir leisten kann, dir ein Original von Hockney zu kaufen, oder einen Renoir oder Picasso oder was immer du möchtest.» Er stieg von der Leiter und küsste seine Frau. Er war in Hemdsärmeln und hatte Spinnweben in den Haaren.

«Solche Sachen will ich nicht», sagte Alison.

«Solltest du aber.» Er küsste sie wieder. «Ich will sie.»

Und es war ihm Ernst. Er wünschte es nicht für sich, sondern für seine Frau und seine Kinder. Für sie war er strebsam. Sie hatten die Londoner Wohnung verkauft und dieses Häuschen erworben, weil er wollte, dass die Kinder auf dem Land aufwuchsen und sich mit Kühen, Ernten, Bäumen und Jahreszeiten auskannten. Und wegen der Hypothek hatten sie sich gelobt, alle notwendigen Maler- und Tapezierarbeiten selbst auszuführen. Diese endlosen Betätigungen nahmen alle ihre Wochenenden in Anspruch. Anfangs war es ganz gut gegangen, weil Winter war. Doch dann wurden die Tage länger, der Sommer kam, und sie vernachlässigten das Haus und gingen nach draußen, um den überwucherten, verwahrlosten Garten einigermaßen in Ordnung zu bringen.

In London hatten sie Zeit füreinander gehabt; sie konnten einen Babysitter engagieren und auswärts essen gehen, sie konnten zu Hause sitzen und Musik hören, während Henry die Zeitung las und Alison an ihrer Stickarbeit saß. Aber jetzt ging Henry morgens um halb acht aus dem Haus und kam erst zwölf Stunden später zurück.

«Ist es das wirklich wert?», fragte sie ihn hin und wieder, aber Henry ließ sich nicht entmutigen.

«Das bleibt nicht immer so», versprach er ihr, «du wirst sehen.»

Er arbeitete bei Fairhurst & Hanbury, einer Firma für Elektrotechnik, die, seit Henry als kleiner Angestellter dort anfing, bescheiden expandiert und jetzt eine Anzahl interessanter Eisen im Feuer hatte, nicht zuletzt die Herstellung kommerzieller Computersysteme. Langsam hatte Henry die Beförderungsleiter erklommen und kam nun möglicherweise für die Stellung des Exportdirektors in Betracht, nachdem der Mann, der diesen Posten zurzeit bekleidete, sich entschlossen hatte, sich vorzeitig zur Ruhe zu setzen, um nach Devonshire zu ziehen und Geflügel zu züchten.

Im Bett, das gegenwärtig der einzige Ort war, wo sie sich in Ruhe unterhalten konnten, hatte Henry Alison seine Möglichkeiten, diesen Posten zu bekommen, erläutert. Sie schienen nicht sehr aussichtsreich. Zum einen sei er der jüngste der Kandidaten. Seine Befähigungen seien zwar fundiert, aber nicht glänzend, und die anderen hätten alle mehr Erfahrung.

«Und was hättest du zu tun?», wollte Alison wissen.

«Tja, das ist es ja eben. Ich wäre viel auf Reisen. New York, Hongkong, Japan. Neue Märkte erschließen. Ich wäre ständig unterwegs. Du wärst noch mehr allein als jetzt. Und dann müssten wir uns revanchieren. Wenn ausländische Einkäufer zu uns kämen, müssten wir uns um sie kümmern, sie einladen … du weißt schon.»

Sie dachte darüber nach, während sie im Dunkeln in seinen Armen lag, bei offenem Fenster, und sich die kühle Landluft ins Gesicht wehen ließ. Sie sagte: «Es wäre mir nicht lieb, wenn du oft weg wärst, aber ich könnte es ertragen. Ich würde nicht einsam sein, die Kinder wären ja da. Und ich würde wissen, dass du immer zu mir zurückkommst.»

Er küsste sie. Er sagte: «Habe ich dir je gesagt, dass ich dich liebe?»

«Ein-, zweimal.»

«Ich will den Posten. Ich trau mir das zu. Und ich will uns

die Hypothek vom Hals schaffen und in den Sommerferien mit den Kindern in die Bretagne fahren und vielleicht einen Mann bezahlen, der uns diesen verdammten Garten umgräbt.»

«Sag das nicht.» Alison legte Henry die Hand auf den Mund. «Sprich nicht darüber. Man soll den Tag nicht vor dem Abend loben.»

Dieses nächtliche Gespräch hatte vor ungefähr einem Monat stattgefunden, und seitdem hatten sie nicht mehr über Henrys mögliche Beförderung gesprochen. Doch vor einer Woche hatte Mr. Fairhurst, Henrys Vorgesetzter, Henry zum Mittagessen in seinen Club eingeladen. Henry mochte kaum glauben, dass Mr. Fairhurst ihm dieses vorzügliche Mahl lediglich aus Freude an Henrys Gesellschaft spendierte, doch erst als sie bei dem köstlichen, mit bläulichen Adern durchzogenen Stiltonkäse und einem Glas Portwein angelangt waren, kam Mr. Fairhurst endlich zur Sache. Er erkundigte sich nach Alison und den Kindern. Henry sagte, es gehe ihnen ausgezeichnet.

«Für Kinder ist es gut, auf dem Land zu leben. Und Alison, gefällt es ihr dort?»

«Ja. Sie hat im Dorf viele Freunde gewonnen.»

«Das ist gut. Das ist sehr gut.» Nachdenklich nahm sich der ältere der beiden Männer noch etwas Käse. «Eigentlich kenne ich Alison gar nicht richtig.» Es hörte sich, an, als grübele er vor sich hin, als sei die Bemerkung nicht an Henry gerichtet. «Hab sie natürlich auf Betriebsfesten gesehen, aber das zählt ja kaum. Ich würde mir gerne Ihr neues Haus ansehen ...»

Seine Stimme verlor sich. Er blickte auf. Über die gestärkte Tischdecke und das schimmernde Tafelsilber hinweg sah

Henry ihm ins Gesicht. Ihm wurde klar, dass Mr. Fairhurst auf eine formelle Einladung aus war, sie gar erwartete.

Er räusperte sich und sagte: «Vielleicht könnten Sie und Mrs. Fairhurst einmal zum Abendessen zu uns kommen?»

«Oh», sagte der Vorgesetzte mit überraschter und erfreuter Miene, als sei das Ganze Henrys Idee gewesen, «sehr freundlich. Mrs. Fairhurst wird sich bestimmt freuen.»

«Ich ... ich sage Alison, sie soll sie anrufen. Sie können einen Tag vereinbaren.»

«Wir werden geprüft, nicht wahr? Für den neuen Posten», sagte Alison, als er ihr die Neuigkeit mitteilte. «Für die vielen Einladungen der ausländischen Kunden. Sie wollen wissen, ob ich das hinkriege, ob ich Gesellschaften geben kann.»

«So ausgedrückt, klingt es ziemlich gefühllos, aber ... ja, ich glaube, es ist wahr.»

«Muss es schrecklich großartig sein?»

«Nein.»

«Aber förmlich.»

«Er ist der Chef.»

«Ach du meine Güte.»

«Mach nicht so ein Gesicht. Ich ertrage es nicht, wenn du so ein Gesicht machst.»

«Oh, Henry.» Sie war drauf und dran zu weinen, aber er nahm sie in seine Arme, und da merkte er, dass sie doch nicht weinen musste. «Vielleicht werden wir geprüft», sagte er über ihren Kopf hinweg, «aber das ist bestimmt ein gutes Zeichen. Besser, als einfach übergangen zu werden.»

«Ja», sagte Alison, und nach einer Weile: «Nur gut, dass wir ein Esszimmer haben.»

Am nächsten Morgen rief sie Mrs. Fairhurst an, und bemüht, nicht allzu nervös zu klingen, lud sie Mrs. Fairhurst und ihren Mann zum Abendessen ein. «Oh, wie liebenswürdig.» Mrs. Fairhurst wirkte ehrlich überrascht, als höre sie jetzt zum ersten Mal davon.

«Wir ... wir dachten, am Sechsten oder Siebten dieses Monats. Wann es Ihnen besser passt.»

«Momentchen, ich muss in meinem Terminkalender nachsehen.» Es folgte eine lange Pause. Alisons Herz klopfte heftig. Lächerlich, so nervös zu sein. Endlich war Mrs. Fairhurst wieder am Apparat. «Am Siebten würde es uns sehr gut passen.»

«Gegen halb acht?»

«Ausgezeichnet.»

«Und ich sage Henry, er soll für Mr. Fairhurst eine kleine Karte zeichnen, damit Sie den Weg finden.»

«Das ist eine gute Idee. Wir sind bekannt dafür, dass wir uns dauernd verfahren.»

Darüber lachten sie beide, dann verabschiedeten sie sich und hängten ein. Sogleich nahm Alison den Hörer wieder auf und rief ihre Mutter an.

«Ma?»

«Liebling.»

«Ich muss dich um einen Gefallen bitten. Kannst du nächsten Freitag die Kinder nehmen?»

«Natürlich. Warum?»

Alison erklärte es. Ihre Mutter machte sich sofort an die praktische Planung. «Ich komme sie mit dem Wagen abholen, gleich nach dem Tee. Und sie können bei mir übernachten. Prima Idee. Unmöglich, gleichzeitig Essen zu kochen und die Kinder ins Bett zu bringen, und wenn sie merken, dass was im Gange ist, wollen sie nicht schlafen. Da sind alle Kinder gleich. Was willst du den Fairhursts vorsetzen?»

Darüber hatte Alison noch nicht nachgedacht, aber das tat sie nun, und ihre Mutter machte ein paar nützliche Vorschläge und gab ihr das Rezept für ihr Zitronensoufflé. Sie fragte nach den Kindern, teilte ein paar Neuigkeiten aus der Verwandtschaft mit und legte auf. Alison griff abermals zum Hörer und meldete sich beim Friseur an.

Als dies alles erledigt war, kam sie sich kompetent und tüchtig vor, eine nicht eben vertraute Empfindung. Freitag, der Siebte. Sie durchquerte die Diele und öffnete die Tür zum Esszimmer. Sie inspizierte es kritisch, und das Esszimmer blickte düster zurück. Mit Kerzen, sagte sie sich und kniff dabei die Augen halb zu, mit Kerzen und bei zugezogenen Vorhängen sieht es vielleicht gar nicht so schlimm aus.

O bitte, lieber Gott, lass nichts schief gehen. Lass mich Henry nicht blamieren. Lass es um Henrys willen gut gehen.

Hilf dir selbst, so hilft dir Gott. Alison schloss die Esszimmertür, zog ihren Mantel an, ging ins Dorf und kaufte den kleinen Notizblock nebst dazugehörigem Bleistift.

Ihre Haare waren trocken. Sie verließ die Trockenhaube, setzte sich vor einen Spiegel und wurde gleich darauf ausgekämmt.

«Gehen Sie heute Abend aus?», fragte der junge Friseur, der mit zwei Bürsten hantierte, als sei Alisons Kopf eine Trommel. «Nein. Heute nicht. Morgen Abend bekomme ich Besuch zum Essen.»

«Wie nett. Wünschen Sie Haarspray?»

«Wär vielleicht nicht schlecht.»

Er besprühte sie von allen Seiten, hielt einen Spiegel in die Höhe, sodass sie ihren Hinterkopf bewundern konnte, dann band er die Schleife des mauvefarbenen Nylonumhangs auf und nahm ihn Alison ab.

«Vielen Dank.»

«Viel Vergnügen morgen.»

Ein frommer Wunsch. Sie bezahlte, zog ihren Mantel an und trat auf die Straße. Es wurde langsam dunkel. Neben dem Friseur war eine Süßwarenhandlung, dort kaufte sie zwei Tafeln Schokolade für die Kinder. Sie ging zu ihrem Wagen, fuhr nach Hause, stellte das Auto in die Garage und betrat das Haus durch die Küchentür. Hier traf sie Evie an, die den Kindern ihr Abendbrot gab. Janey saß auf ihrem hohen Kinderstuhl, und in der Küche duftete es nach Backwerk.

Alison ließ sich auf einen Stuhl fallen und lächelte die drei fröhlichen Gesichter am Tisch an. «Ich bin völlig geschafft. Ist noch Tee in der Kanne?»

«Ich brüh frischen auf.»

«Und Sie haben gebacken.»

«Ja», sagte Evie, «ich hatte ein bisschen Zeit, da hab ich 'nen Kuchen gebacken. Dachte, er kommt Ihnen vielleicht zupass.»

Evie gehörte zum Besten, was Alison zugestoßen war, seit sie aufs Land gezogen waren. Sie war unverheiratet, im mittleren

Alter, stämmig und energisch und führte ihrem Bruder, der Junggeselle war und das Land rund um Alisons und Henrys Haus bestellte, den Haushalt. Alison hatte sie im Lebensmittelgeschäft im Dorf kennen gelernt. Evie hatte sich vorgestellt und gesagt, wenn Alison Eier von frei laufenden Hühnern wolle, könne sie diese bei Evie kaufen. Evie halte selbst Hühner und versorge ein paar ausgesuchte Familien im Dorf. Alison hatte das Angebot dankbar angenommen, und seither ging sie nachmittags mit den Kindern in das Bauernhaus, um die Eier zu holen.

Evie liebte Kinder. Schon nach kurzer Zeit meinte sie: «Wenn Sie mal 'nen Babysitter brauchen, rufen Sie mich jederzeit an», und hin und wieder hatte Alison sie dafür in Anspruch genommen. Die Kinder hatten es gern, wenn Evie auf sie aufpassen kam. Sie brachte ihnen jedes Mal Süßigkeiten oder kleine Geschenke mit, zeigte Larry Kartenspiele und war geschickt und liebevoll im Umgang mit Janey. Sie liebte es, das Baby auf dem Knie zu halten, wobei Janey ihr rundes blondes Köpfchen an das feste Polster ihres mächtigen Busens drückte.

Jetzt eilte sie zum Herd, setzte den Wasserkessel auf und bückte sich, um nach ihrem Kuchen im Backofen zu sehen. «Fast fertig.»

«Das ist lieb von Ihnen, Evie. Aber müssen Sie nicht nach Hause? Jack wartet sicher schon auf seinen Tee.»

«Ach, Jack ist heut auf den Markt gegangen: Das dauert noch Stunden, bis er zurückkommt. Wenn Sie wollen, bring ich die Kinder ins Bett. Muss sowieso noch auf den Kuchen warten.» Sie strahlte Larry an. «Das magst du doch, nicht wahr, mein Herzchen? Evie badet dich. Und Evie zeigt dir, wie man mit den Fingern Seifenblasen macht.»

Larry steckte sich den letzten Chip in den Mund. Er war ein ernstes Kind und für Spontaneität nicht leicht zu haben. Er sagte: «Liest du mir auch eine Geschichte vor, wenn ich im Bett bin?»

«Wenn du willst.»

«Du sollst mir *Wo ist Spot?* vorlesen. Da kommt eine Schildkröte drin vor.»

«Schön, die liest Evie dir vor.»

Nach dem Abendbrot gingen die drei nach oben. Man konnte Badewasser einlaufen hören, und Alison roch ihr bestes Schaumbad. Sie deckte den Tisch ab, räumte die Spülmaschine ein und stellte sie an. Bevor es ganz dunkel wurde, ging sie nach draußen, nahm die Wäsche von der Leine, brachte sie ins Haus, faltete sie zusammen, legte sie in den Schrank. Auf dem Weg nach unten sammelte sie eine rote Lokomotive, einen augenlosen Teddybär, einen Quietschball und etliche Bauklötze ein. Sie tat alles in den Spielzeugkorb, der in der Küche seine Bleibe hatte, deckte den Tisch fürs Frühstück sowie ein Tablett für das Abendessen, das sie und Henry am Kamin zu sich nehmen würden.

Dabei fiel ihr etwas ein. Sie ging ins Wohnzimmer, zündete das Feuer an und zog die Vorhänge zu. Ohne Blumen sah das Zimmer kahl aus, aber morgen wollte sie sich um die Blumen kümmern. Als sie wieder in die Küche kam, drückte sich Catkin durch sein Katzentürchen herein und gab Alison zu verstehen, dass die Zeit seines Abendessens lange verstrichen und er hungrig sei. Sie öffnete eine Dose Katzenfutter und gab ihm auch Milch, und er setzte sich in Esspositur und verputzte alles fein säuberlich.

Alison überlegte, was sie für sich und Henry zum Abendbrot machen sollte. In der Speisekammer war ein Korb mit braunen Eiern, die Evie mitgebracht hatte. Omelette mit Salat. In der Obstschale waren sechs Apfelsinen, und unter der Käseglocke waren bestimmt noch ein paar Käsereste. Alison legte Kopfsalat und Tomaten, eine halbe grüne Paprikaschote und ein paar Selleriestangen zurecht und fing mit dem Salat an. Sie rührte gerade die Vinaigrette, als sie Henrys Auto den Weg heraufkommen und in die Garage fahren hörte. Gleich darauf erschien er mit seinem ausgebeulten Aktenkoffer und der Abendzeitung an der Hintertür. Er sah müde und knittrig aus.

«Hallo.»

«Hallo, Liebling.» Sie küssten sich. «War es anstrengend heute?»

«Hektisch bis dort hinaus.» Er sah den Salat und aß ein Blättchen Kopfsalat. «Ist das unser Abendessen?»

«Ja, und ein Omelette.»

«Bescheidene Kost.» Er lehnte sich an den Tisch. «Ich vermute, wir sparen für morgen Abend?»

«Sprich nicht davon. Hast du Mr. Fairhurst heute gesehen?»

«Nein, er war auswärts. Wo sind die Kinder?»

«Evie badet sie. Hörst du es nicht? Sie ist dageblieben. Sie hat uns einen Kuchen gebacken, der ist noch im Backofen. Und Jack ist auf dem Markt.»

Henry gähnte. «Ich geh rauf und sag ihr, sie soll mir auch ein Bad einlassen. Das könnte ich gut gebrauchen.»

Alison räumte die Spülmaschine aus und ging dann ebenfalls nach oben. Aus irgendeinem Grund fühlte sie sich erschöpft. Es war ein seltener Genuss, im Schlafzimmer herumzutrödeln, friedlich und ohne Hast. Sie zog die Sachen aus, die sie den ganzen Tag getragen hatte, und nahm den samtenen Morgenrock, den Henry ihr zu Weihnachten geschenkt hatte, aus dem Schrank. Sie hatte dieses Kleidungsstück noch nicht oft getragen, da es in ihrem geschäftigen Leben selten eine passende Gelegenheit gab. Er war mit Seide gefüttert und fühlte sich wohlig und luxuriös an. Sie knöpfte ihn zu, band die Schärpe, schlüpfte in flache goldene Pantoffeln, die von irgendeinem vergangenen Sommer übrig geblieben waren, und ging ins Kinderzimmer, um gute Nacht zu sagen. Janey lag in ihrem Gitterbettchen und war kurz vorm Einschlafen. Evie saß auf Larrys Bettkante und hatte die Gutenachtgeschichte fast zu Ende gelesen. Larry hatte den Daumen in den Mund gesteckt, die Augen fielen ihm zu. Alison gab ihm einen Kuss.

«Bis morgen», sagte sie zu ihm. Er nickte, sein Blick wanderte zu Evie zurück. Er wollte die Geschichte zu Ende hören. Alison ging wieder hinunter. Sie hob Henrys Abendzeitung auf und nahm sie mit ins Wohnzimmer, um zu sehen, was es heute Abend im Fernsehen gab. Da hörte sie ein Auto von der Hauptstraße her den Weg heraufkommen. Es bog in ihre Einfahrt ein. Hinter den zugezogenen Gardinen blitzten Scheinwerfer auf. Alison ließ die Zeitung sinken. Kies knirschte, als das Auto vor ihrer Haustür hielt. Dann klingelte es. Sie warf die Zeitung auf die Couch und ging öffnen.

Auf dem Kiesweg parkte ein Mercedes. Und vor der Tür standen, erwartungsvoll und festlich, Mr. und Mrs. Fairhurst.

Alisons erster Impuls war, ihnen die Tür vor der Nase zuzuschlagen, zu schreien, bis zehn zu zählen, um dann die Tür wieder aufzumachen und festzustellen, dass sie fort waren.

Aber sie waren ohne jeden Zweifel da. Mrs. Fairhurst lächelte. Alison lächelte ebenfalls. Sie spürte das Lächeln wie etwas, das ihr ins Gesicht geschlagen worden war und ihre Wangen zerknautschte.

«Ich fürchte», sagte Mrs. Fairhurst, «wir sind ein bisschen früh. Wir hatten solche Angst, uns zu verfahren.»

«Nein, nein, überhaupt nicht.» Alisons Stimme kam mindestens zwei Oktaven höher heraus als sonst. Sie hatte sich im Datum geirrt. Sie hatte Mrs. Fairhurst den falschen Tag genannt. Sie hatte den allerentsetzlichsten, allergrässlichsten Irrtum begangen. «Kein bisschen zu früh.» Sie trat zurück. «Kommen Sie herein.»

Sie traten ein, und Alison schloss die Tür. Sie machten Anstalten, sich aus ihren Mänteln zu schälen.

Ich kann es ihnen nicht sagen. Henry muss es ihnen sagen. Er muss ihnen etwas zu trinken anbieten und ihnen sagen, dass es nichts zu essen gibt, weil ich dachte, sie würden morgen Abend kommen.

Automatisch half sie Mrs. Fairhurst aus ihrem Pelzmantel.

«Haben ... haben Sie gut hergefunden?»

«Ja, sehr gut», sagte Mr. Fairhurst. Er trug einen dunklen

Anzug und eine elegante Krawatte. «Henry hat es mir ausgezeichnet erklärt.»

«Und es war ja auch nicht viel Verkehr.» Mrs. Fairhurst roch nach Chanel No 5. Sie zupfte den Chiffonkragen ihres Kleides zurecht und befühlte ihre Haare, die, silbern und elegant, frisch gemacht waren, genau wie Alisons. Sie trug Diamantohrringe und am Halsausschnitt ihres Kleides eine wunderschöne Brosche.

«Ein bezauberndes Haus. Ein Glück für Sie und Henry, dass Sie es gefunden haben.»

«Ja, wir fühlen uns sehr wohl hier.» Sie hatten die Mäntel abgelegt. Sie standen da und lächelten sie an. «Kommen Sie herein, ans Feuer.»

Sie ging voran in ihr warmes, vom Feuer erhelltes, aber blumenloses Wohnzimmer, nahm geschwind die Zeitung von der Couch und schob sie unter einen Stapel Illustrierte. Sie rückte einen Sessel nahe ans Feuer. «Nehmen Sie Platz, Mrs. Fairhurst. Henry ist leider ein bisschen spät aus dem Büro gekommen. Er wird jeden Moment unten sein.»

Sie müsste ihnen etwas zu trinken anbieten, aber die Getränke waren im Küchenschrank, und es würde merkwürdig und auch unhöflich aussehen, hinauszugehen und sie allein zu lassen. Und angenommen, sie würden um Martini Dry bitten? Henry war immer für die Getränke zuständig gewesen, und Alison hatte keine Ahnung, wie man einen Martini Dry mixte.

Mrs. Fairhurst ließ sich behaglich in dem Sessel nieder. Sie sagte: «Dock musste heute Morgen nach Birmingham, daher nehme ich an, dass er Henry heute nicht gesehen hat – stimmt's, Lieber?»

«Nein, ich war nicht im Büro.» Er stand am Kamin und sah sich anerkennend um. «Ein hübscher Raum.»

«Oh, danke.»

«Haben Sie einen Garten?»

«Ja. Ungefähr einen Morgen. Er ist eigentlich viel zu groß.» Sie blickte verzweifelt um sich; ihre Augen leuchteten auf, als sie auf die Zigarettendose fielen. Sie nahm sie in die Hand und öffnete sie. Sie enthielt vier Zigaretten. «Möchten Sie eine Zigarette?»

Aber Mrs. Fairhurst rauchte nicht, und Mr. Fairhurst sagte, wenn Alison nichts dagegen hätte, würde er eine von seinen Zigarren rauchen. Alison erwiderte, sie habe durchaus nichts dagegen, und stellte die Dose wieder auf den Tisch. Eine Reihe erschreckender Bilder flitzte ihr durch den Kopf. Henry, der sich noch in der Wanne rekelte, das bisschen Salat, das Einzige, was sie zum Abendessen gemacht hatte, das Esszimmer, eisig kalt und ungastlich.

«Halten Sie den Garten selbst in Ordnung?»

«Oh ... o ja. Wir versuchen es. Er war völlig verwahrlost, als wir das Haus kauften.»

«Und Sie haben zwei kleine Kinder?» Mrs. Fairhurst hielt das Gespräch höflich in Gang.

«Ja. Ja, sie sind schon im Bett. Ich habe eine Freundin, Evie. Sie ist die Schwester des Bauern. Sie hat sie ins Bett gebracht.»

Was könnte man sonst noch sagen? Mr. Fairhurst hatte seine Zigarre angezündet, das Zimmer war von ihrem erlesenen Geruch erfüllt. Was könnte man sonst noch tun? Alison atmete tief durch. «Sie möchten bestimmt gerne einen Drink. Was darf ich Ihnen anbieten?»

«Oh, sehr liebenswürdig.» Mrs. Fairhurst blickte sich um. Weder Flaschen noch Weingläser waren bereitgestellt, aber wenn sie darüber irritiert war, so ließ sie es sich höflicherweise nicht anmerken. «Ein Glas Sherry wäre wunderbar.»

«Und Sie, Mr. Fairhurst?»

«Für mich dasselbe?»

Sie pries beide im Stillen, weil sie nicht um Martinis gebeten hatten. «Wir ... wir haben eine Flasche Tio Pepe ...?»

«Welch ein Genuss!»

«Nur, leider ... macht es Ihnen etwas aus, wenn ich Sie einen Moment allein lasse? Henry – er hatte keine Zeit, ein Tablett mit Getränken herzurichten.»

«Machen Sie sich unseretwegen keine Sorgen», wurde ihr versichert. «Wir fühlen uns hier am Feuer sehr wohl.»

Alison verschwand und schloss sachte die Tür hinter sich. Es war schrecklicher als alles, was man sich je hatte vorstellen können. Dabei waren es so nette, liebenswerte Leute, was alles nur noch schlimmer machte. Sie benahmen sich vorbildlich, und sie besaß nicht mal so viel Verstand, sich zu erinnern, für welchen Abend sie sie eingeladen hatte.

Aber es war keine Zeit, um dazustehen und nichts zu tun, als sich zu hassen. Etwas musste geschehen. Leise flitzte sie in Pantoffeln die Treppe hinauf. Die Badezimmertür stand offen, ebenso die Schlafzimmertür. Und dort stand Henry inmitten von hingeworfenen Badetüchern, Socken, Schuhen und Hemden und zog sich mit Lichtgeschwindigkeit an.

«Henry, sie sind da.»

«Ich weiß.» Er streifte ein sauberes Hemd über den Kopf, steckte es in die Hose, machte den Reißverschluss zu und griff nach einer Krawatte. «Ich hab sie vom Badezimmerfenster aus gesehen.»

«Es ist der falsche Abend. Ich muss einen Fehler gemacht haben.»

«Das habe ich bereits mitgekriegt.» Er ging in die Knie, um auf gleicher Höhe mit dem Spiegel zu sein, und kämmte sich die Haare.

«Du musst es ihnen sagen.»

«Ich kann's ihnen nicht sagen.»

«Du meinst, wir müssen ihnen ein Essen vorsetzen?»

«Irgendwas müssen wir ihnen wohl bieten.»

«Was soll ich bloß tun?»

«Haben sie schon was zu trinken?»

«Nein.»

«Gib ihnen schnell was zu trinken, und danach sehen wir weiter.»

Sie sprachen im Flüsterton. Er sah sie nicht mal richtig an.

«Henry, es tut mir so leid.»

Er knöpfte seine Weste zu. «Es ist nicht zu ändern. Geh jetzt runter und gib ihnen was zu trinken.»

Sie raste wieder nach unten, blieb einen Moment vor der geschlossenen Wohnzimmertür stehen und hörte dahinter das kameradschaftliche Gemurmel ehelichen Geplauders. Sie pries sie abermals, weil sie zu den Leuten gehörten, die sich immer etwas zu sagen hatten, und begab sich in die Küche. Da stand der Kuchen, frisch aus dem Ofen. Da stand der Salat.

Und da stand Evie, den Hut auf, den Mantel zugeknöpft, auf dem Sprung. «Sie haben Besuch bekommen», bemerkte sie mit fröhlicher Miene.

«Das ist kein Besuch. Das sind die Fairhursts. Henrys Chef mit seiner Frau.»

Evies Miene war nicht mehr fröhlich. «Aber die kommen doch morgen.»

«Ich habe einen grässlichen Irrtum begangen. Sie sind heute Abend gekommen. Und es ist nichts zu essen da, Evie.» Ihre Stimme brach. «Nichts.»

Evie überlegte. Sie erkannte eine Krise auf den ersten Blick. Krisen waren Evies Lebenselixier. Mutterlose Lämmer, qualmende Kamine, Motten in den Kniekissen der Kirche – sie war mit allem fertig geworden. Nichts verschaffte Evie mehr Befriedigung, als sich einer Situation gewachsen zu zeigen. Jetzt sah sie auf die Uhr, dann setzte sie ihren Hut ab. «Ich bleib da», verkündete sie, «und helf Ihnen.»

«O Evie – wirklich?»

«Die Kinder schlafen. Damit ist ein Problem aus der Welt.» Sie knöpfte ihren Mantel auf. «Weiß Henry Bescheid?»

«Ja. Er zieht sich gerade an.»

«Was hat er gesagt?»

«Ich soll ihnen was zu trinken geben.»

«Worauf warten wir dann noch?», fragte Evie.

Ein Tablett, Gläser, die Flasche Tio Pepe. Evie fummelte Eis aus der Eiswürfelschale. Alison fand Nüsse.

«Das Esszimmer», sagte Alison. «Ich hatte den Kamin anmachen wollen. Es ist eiskalt da drin.»

«Ich bring den kleinen Ölofen in Gang. Der riecht ein bisschen, aber er wärmt das Zimmer schneller als sonst was. Und ich zieh die Vorhänge zu und mach die Warmhalteplatte an.» Sie öffnete die Küchentür. «Schnell, gehen Sie rein.»

Alison trug das Tablett durch die Diele, setzte ein Lächeln auf, öffnete die Tür und trat ein. Die Fairhursts saßen am Kamin, sie wirkten entspannt und heiter, aber Mr. Fairhurst erhob sich nun, um Alison zu helfen; er zog ein Tischchen heran und nahm ihr das Tablett ab.

«Wir haben gerade gesagt», erklärte Mrs. Fairhurst, «wir wünschten, unsere Tochter würde Ihrem Beispiel folgen und auch aufs Land ziehen. Sie haben eine reizende kleine Wohnung in der Fulham Road, aber sie bekommt im Sommer ihr zweites Baby, und ich fürchte, dann wird es sehr eng.»

«Es ist ein gewaltiger Schritt...» Alison griff nach der Sherryflasche, doch Mr. Fairhurst sagte «erlauben Sie», nahm ihr die Flasche ab, schenkte ein, reichte seiner Frau ein Glas. «Aber Henry...»

Als sie seinen Namen aussprach, hörte sie seine Schritte auf der Treppe, die Tür ging auf, und da war er. Sie hatte erwartet, dass er ins Zimmer platzen würde, außer Atem, vollkommen hektisch, mit einem fehlenden Knopf oder Manschettenknopf. Doch seine Erscheinung war tadellos, so als hätte er wenigstens eine halbe Stunde damit zugebracht, sich umzuziehen, und nicht nur zwei Minuten. Trotz des albtraumhaften Geschehens fand Alison Zeit, ihren Mann im Stillen zu bewundern. Er überraschte sie immer aufs Neue, und seine Gefasstheit war erstaunlich. Dadurch wurde sie selbst ein bisschen ruhiger. Immerhin stand Henrys Zukunft, seine Karriere auf dem Spiel. Wenn er diesen Abend nonchalant bewältigen konnte, dann konnte Alison es bestimmt auch. Zusammen könnten sie es vielleicht schaffen.

Henry war charmant. Er entschuldigte sich für sein spätes Erscheinen, vergewisserte sich, dass seine Gäste es bequem hatten, schenkte sich ein Glas Sherry ein und ließ sich ganz entspannt in der Mitte der Couch nieder. Er und die Fairhursts begannen ein Gespräch über Birmingham. Alison stellte ihr Glas ab, murmelte etwas von Sich-ums-Essen-Kümmern und verließ das Zimmer.

Auf der anderen Seite der Diele hörte sie Evie sich mit dem alten Ölofen abmühen. Sie ging in die Küche und band sich eine Schürze um. Sie hatte den Salat. Und was noch? Keine Zeit, die Garnelen aufzutauen, das Rinderfilet zuzubereiten oder Mutters Zitronensoufflé zu machen. Und die Tiefkühltruhe war wie gewöhnlich gefüllt mit der Sorte Kost, mit der sie die Kinder verpflegte, ansonsten enthielt sie wenig. Fischstäbchen, tiefgefrorene Chips, Eis. Sie hob den Deckel und spähte hinein. Sah ein paar steinharte Hähnchen, drei in Scheiben geschnittene Brotlaibe, zwei Eis am Stiel.

O Gott, bitte lass mich was finden. Bitte lass etwas da sein, was ich den Fairhursts vorsetzen kann.

Sie dachte an all die schreckerfüllten Stoßgebete, die sie im Laufe ihres Lebens gen Himmel geschickt hatte. Vor langer Zeit war sie zu dem Schluss gekommen, dass irgendwo droben im blauen Jenseits ein Computer sein musste; wie wollte Gott sonst Buch führen über die Billionen und Aberbillionen Bitten um Hilfe und Beistand, die ihn durch alle Ewigkeit erreichten?

Bitte lass etwas zum Essen da sein.

Surr, surr, machte der Computer, und da war die Lösung. Ein Plastikbehälter mit Chili con Carne, das Alison vor ein paar Monaten gekocht und eingefroren hatte. In einem Topf auf der Kochplatte gerührt, würde es nicht länger als fünfzehn Minuten zum Auftauen brauchen, und dazu könnte es Reis und Salat geben.

Ihre Inspektion ergab, dass kein Reis da war, nur eine angebrochene Packung Bandnudeln. Chili con Carne mit Bandnudeln und knackigem grünem Salat. Schnell dahergesagt, klang es gar nicht so übel.

Und als Entree? Suppe. Eine einzige Dose Consommé war da, das reichte nicht für vier Personen. Sie stöberte in ihren Regalen nach etwas, womit sie die Suppe ergänzen könne, und stieß auf ein Glas Känguruschwanzsuppe, das ihnen jemand vor zwei Jahren als Gag zu Weihnachten geschenkt hatte. Sie schnappte sich den Behälter, die Packung, die Dose und das Glas, schloss den Deckel der Tiefkühltruhe und stellte alles auf den Küchentisch. Evie erschien, den Ölkanister in der Hand und einen Rußfleck auf der Nase.

«Funktioniert prima», erklärte sie. «Ist schon wärmer im Esszimmer. Sie hatten keine Blumen hingestellt, und der Tisch sah 'n bisschen nackt aus, da hab ich die Schale mit den Apfelsinen mittendrauf gestellt. Sieht nicht nach viel aus, aber besser als nichts.» Sie stellte den Kanister ab und betrachtete das eigenartige Sammelsurium von Lebensmitteln auf dem Tisch.

«Was sind denn das für Sachen?»

«Abendessen», sagte Alison, die unterdessen am Topfschrank stand und einen Topf suchte, der groß genug war für das Chili con Carne. «Klare Suppe – zur Hälfte Känguruschwanzsuppe, aber das braucht ja keiner zu wissen. Chili con Carne mit Bandnudeln. Ist das etwa nichts?»

Evie zog ein Gesicht. «Hört sich für mich nicht nach viel an, aber manche Leute essen ja alles.» Sie selbst bevorzugte schlichte Hausmannskost, nicht diesen fremdländischen Firlefanz. Ein schönes Stück Hammelfleisch mit Kapernsoße, dafür hätte Evie sich entschieden.

«Und Pudding? Was für einen Pudding kann ich machen?»

«In der Tiefkühltruhe ist Eis.»

«Ich kann ihnen nicht bloß Eis auftischen.»

«Dann machen Sie eine Soße. Heiße Schokoladensoße, das ist was Feines.»

Heiße Schokoladensoße. Die beste heiße Schokoladensoße erhielt man, indem man einfach Schokoladetafeln schmolz, und Alison hatte zwei Tafeln, denn sie hatte sie für die Kinder gekauft und vergessen, sie ihnen zu geben. Sie fand sie in ihrer Handtasche.

Und danach Kaffee.

«Ich mach den Kaffee», sagte Evie.

«Ich hatte keine Zeit, die besten Tassen zu spülen. Und die sind im Wohnzimmerschrank.»

«Macht nichts, wir nehmen Teetassen. Die meisten Leute mögen sowieso lieber größere Tassen. Ich auch. Mit den Mokkatässchen kann ich nichts anfangen.» Schon hatte sie das Chili con Carne aus dem Behälter und im Topf. Sie rührte es um und beäugte es misstrauisch. «Was sind denn das für kleine Dinger?»

«Rote Kidneybohnen.»

«Riecht komisch.»

«Das ist das Chili. Es ist ein mexikanisches Gericht.»

«Ich hoffe bloß, sie mögen mexikanisches Essen.»

Das hoffte Alison auch.

Als sie zu den anderen kam, ließ Henry diskret ein paar Minuten vergehen, dann erhob er sich und sagte, er müsse sich um den Wein kümmern.

«Ihr seid wirklich großartig, ihr jungen Leute», sagte Mrs. Fairhurst, als Henry hinausgegangen war. «Als wir jungverheiratet waren, graute mir immer davor, Gäste zum Essen zu haben, und dabei hatte ich eine Hilfe.»

«Evie hilft mir heute Abend.»

«Und ich war so eine miserable Köchin!»

«Ach komm, meine Liebe», tröstete sie ihr Mann, «das ist lange her.»

Dies schien ein günstiger Zeitpunkt, um es zu sagen: «Ich hoffe, Sie können Chili con Carne essen. Es ist ziemlich scharf.»

«Gibt es das heute Abend? Köstlich. Ich habe es nicht mehr gegessen, seit Jock und ich in Texas waren. Wir waren auf einem geschäftlichen Kongress dort.»

Mr. Fairhurst schmückte es noch weiter aus. «Und als wir in Indien waren, hat sie schärferes Curry essen können als alle anderen. Mir kamen die Tränen, und sie blieb ganz kühl und gelassen.»

Henry kam zurück. Mit dem Gefühl, sich mitten in einem grotesken Spiel zu befinden, verzog Alison sich abermals. In der Küche hatte Evie alles im Griff, bis hin zur letzten Kochplatte.

«Führen Sie sie jetzt rein», sagte Evie, «und wenn's nach Öl riecht, sagen Sie nichts. So was muss man einfach ignorieren.»

Aber Mrs. Fairhurst sagte, sie liebe Ölgeruch. Er erinnere sie an die Cottages auf dem Lande, als sie ein Kind war. Und siehe, das gefürchtete Esszimmer sah gar nicht so übel aus. Evie hatte die Kerzen angezündet und nur die kleinen Wandlampen über dem viktorianischen Buffet angelassen. Sie nahmen ihre Plätze ein. Mr. Fairhurst saß dem Hochlandrind im Regen gegenüber. «Wo haben Sie dieses wunderbare Bild aufgetrieben?», wollte er wissen, als sie mit der Suppe begannen. «Solche Bilder hängt sich heute keiner mehr ins Esszimmer.»

Henry erzählte ihm von dem Messinggitter und der Versteigerung. Alison versuchte herauszufinden, ob die Känguruschwanzsuppe nach Känguruschwänzen schmeckte, aber das tat sie nicht. Sie schmeckte einfach nach Suppe.

«Sie haben das Eßzimmer wie ein viktorianisches Kabinett eingerichtet. Sehr geschickt.»

«Es war eigentlich nicht geschickt», sagte Henry. «Es hat sich so ergeben.»

Die Einrichtung des Esszimmers beschäftigte sie während des ersten Ganges. Beim Chili con Carne sprachen sie über Texas, Amerika, Urlaub, die Kinder. «Wir sind mit den Kindern immer nach Cornwall gefahren», sagte Mrs. Fairhurst, während sie ihre Bandnudeln zierlich um die Gabel wand.

«Ich würde mit unseren gerne in die Bretagne fahren», sagte Henry. «Ich war einmal dort, mit vierzehn, und seither scheint mir die Gegend für Kinder ideal.»

Mr. Fairhurst erzählte, als Junge habe man ihn jeden Sommer zur Isle of Wight mitgenommen. Er habe sein eigenes kleines Dinghy gehabt. Darauf wurde Segeln das Gesprächsthema, und Alison fand es so interessant, dass sie vergaß, die leeren Teller abzuräumen, bis Henry, als er ihr Wein nachschenkte, ihr einen sachten Stups gab.

Sie räumte das Geschirr zusammen und brachte es zu Evie in die Küche. «Wie läuft's?», fragte Evie.

«Ganz gut, denke ich.»

Evie begutachtete die leeren Teller. «Jedenfalls haben sie's gegessen. Nun machen Sie schon, tragen Sie den Rest auf, bevor die Soße fest wird, und ich koch Kaffee.»

Alison sagte: «Ich weiß nicht, was ich ohne Sie angefangen hätte, Evie. Ich weiß es einfach nicht.»

«Wenn ich Ihnen einen Rat geben darf», sagte Evie, indem sie Alison das Tablett mit dem Eis und den Puddingschälchen auf die Arme lud, «kaufen Sie sich einen kleinen Terminkalender. Schreiben Sie alles auf. Termine wie dieser sind zu wichtig, um sie dem Zufall zu überlassen. Das sollten Sie wirklich tun. Kaufen Sie sich einen kleinen Terminkalender.»

«Was ich nicht verstehe», sagte Henry, «warum hast du das Datum nicht notiert?»

Es war Mitternacht. Die Fairhursts waren um halb zwölf gegangen, nachdem sie sich vielmals bedankt und die Hoffnung ausgesprochen hatten, dass Alison und Henry bald zum Abendessen zu ihnen kommen würden. Das Haus sei bezaubernd, sagten sie wieder, und sie hätten das delikate Essen sehr genossen. Es sei wirklich, wiederholte Mrs. Fairhurst ein ums andere Mal, ein unvergesslicher Abend gewesen.

Sie fuhren ab, verschwanden in der Dunkelheit. Henry

schloss die Haustür, und Alison brach in Tränen aus. Es erforderte einige Zeit und ein Glas Whisky, ehe sie sich zum Aufhören überreden ließ. «Ich bin unmöglich», sagte sie zu Henry. «Ich weiß es.»

«Du hast es sehr gut gemacht.»

«Aber es war ein so ausgefallenes Gericht. Evie dachte, sie würden es nie und nimmer essen! Und im Esszimmer war es überhaupt nicht warm, es roch bloß nach ...»

«Es roch nicht schlecht.»

«Und es waren keine Blumen da, bloß Apfelsinen, und ich weiß, du lässt dir gerne Zeit mit dem Weinaufmachen, und ich war im Morgenrock.»

«Du hast reizend ausgesehen.»

Sie wollte sich nicht trösten lassen. «Aber es war so wichtig. Es war so wichtig für dich. Und ich hatte alles geplant. Das Rinderfilet und alles, und den Blumenschmuck. Und ich hatte eine Einkaufsliste, ich hatte alles aufgeschrieben.»

Und an dieser Stelle sagte er: «Was ich nicht verstehe, warum hast du das Datum nicht notiert?»

Sie versuchte sich zu erinnern. Sie hatte unterdessen aufgehört zu weinen, sie saßen nebeneinander auf der Couch vor dem ersterbenden Feuer. «Ich glaube, es war nichts da, wo ich es draufschreiben konnte. Ich kann nie im richtigen Moment einen Zettel finden. Und sie hat gesagt, am Siebten, ich bin ganz sicher. Aber das kann ja wohl nicht sein», endete sie verzagt.

«Ich hab dir zu Weihnachten einen Terminkalender geschenkt», erinnerte Henry sie.

«Ich weiß, aber Larry hat ihn sich zum Zeichnen ausgeliehen, und seitdem hab ich ihn nicht mehr gesehen. O Henry, jetzt kriegst du die Stellung nicht, und es ist ganz allein meine Schuld.»

«Wenn ich den Posten nicht bekomme, dann deswegen, weil es nicht sein soll. Und jetzt wollen wir nicht mehr darüber sprechen. Es ist vorbei. Lass uns ins Bett gehen.»

Am nächsten Morgen regnete es. Henry ging zur Arbeit, Larry wurde von einer Nachbarin abgeholt und zum Kindergarten gefahren. Janey zahnte, sie war unleidlich und erforderte ständige Zuwendung. Da das Baby entweder auf ihrem Arm war oder zu ihren Füßen wimmerte, hatte Alison Mühe, die Betten zu machen, Geschirr zu spülen, die Küche aufzuräumen. Später, wenn sie sich kräftiger fühlte, wollte sie ihre Mutter anrufen und ihr sagen, dass es nicht mehr nötig sei, die Kinder abzuholen und über Nacht bei sich zu behalten. Sie wusste, wenn sie jetzt gleich anriefe, würde sie in Tränen aufgelöst ins Telefon weinen, und sie wollte ihre Mutter nicht beunruhigen.

Als sie Janey endlich zu ihrem Vormittagsschläfchen hingelegt hatte, ging sie ins Esszimmer. Es war dunkel und roch schal nach Zigarrenrauch und den letzten Ausdünstungen des alten Ölofens. Sie zog die Samtvorhänge zurück, und das graue Morgenlicht fiel auf das Durcheinander von zerknüllten Servietten, Gläsern mit Weinresten, vollen Aschenbechern. Sie holte ein Tablett und fing an, die Gläser einzusammeln. Das Telefon klingelte.

Sie vermutete, es sei Evie. «Hallo?»

«Alison?» Es war Mrs. Fairhurst. «Mein liebes Kind. Was kann ich sagen?»

Alison runzelte die Stirn. Ja wirklich, was könnte Mrs. Fairhurst zu sagen haben? Es tut mir leid?

«Es war alles meine Schuld. Ich habe eben in meinem Terminkalender nachgesehen, wann die Versammlung des Fonds zur Rettung der Kinder ist, zu der ich hinmuss, und festgestellt, dass Sie uns *heute Abend* zum Essen eingeladen haben. Freitag. Sie hatten uns gestern Abend nicht erwartet.»

Alison holte tief Luft und stieß zitternd einen Seufzer der Erleichterung aus. Ihr war, als sei ihr eine schwere Last von den Schultern genommen worden. Nicht sie hatte sich geirrt, sondern Mrs. Fairhurst.

«Hm ...» Es war sinnlos, zu lügen. «Nein.»

«Und Sie haben kein Wort gesagt. Sie haben getan, als hätten Sie uns erwartet, und uns so ein köstliches Mahl aufgetischt. Und alles sah so hübsch aus, und Sie beide wirkten so entspannt. Ich kann es einfach nicht fassen. Und ich begreife nicht, wieso ich so dumm war, außer dass ich meine Brille nicht finden konnte, und da habe ich offenbar den falschen Tag eingetragen. Werden Sie mir je verzeihen?»

«Aber ich war genauso schuld. Ich drücke mich am Telefon schrecklich unklar aus. Ich dachte tatsächlich, die Verwechslung sei ganz allein meine Schuld gewesen.»

«Dabei waren Sie so reizend. Jock wird wütend auf mich sein, wenn ich ihn anrufe und es ihm erzähle.»

«Bestimmt nicht.»

«Na ja, es ist nun mal geschehen, und es tut mir aufrichtig leid. Es muss ein Albtraum gewesen sein, als Sie die Tür aufmachten und wir dastanden, herausgeputzt wie Weihnachtsbäume! Und danke, dass Sie so viel Verständnis für eine dumme alte Frau haben.»

«Ich finde Sie überhaupt nicht dumm», sagte Alison zur Gattin des Chefs ihres Mannes. «Ich finde Sie umwerfend.»

Als Henry an diesem Abend nach Hause kam, briet Alison das Rinderfilet. Es war zu viel für sie beide, aber den Rest könnten die Kinder morgen Mittag kalt essen. Henry kam spät. Die Kinder waren im Bett und schliefen. Der Kater war gefüttert, das Feuer angezündet. Es war fast viertel nach sieben, als sie Henrys Wagen den Weg heraufkommen und in die Garage fahren hörte. Der Motor wurde abgestellt, das Garagentor geschlossen. Dann ging die Hintertür auf, und Henry erschien, und er sah so ziemlich wie immer aus, außer dass er neben Aktenmappe und Zeitung den größten Strauß rote Rosen in der Hand trug, den Alison je gesehen hatte.

Mit dem Fuß machte er die Tür hinter sich zu.

«So», sagte er.

«So», sagte Alison.

«Sie sind am falschen Abend gekommen.»

«Ja, ich weiß. Mrs. Fairhurst hat mich angerufen. Sie hatte das falsche Datum in ihren Terminkalender eingetragen.»

«Die beiden finden dich großartig.»

«Es spielt keine Rolle, wie sie mich finden. Es kommt nur darauf an, wie sie dich finden.»

Henry lächelte. Er trat zu ihr, die Rosen vor sich hinhaltend wie eine Opfergabe.

«Weißt du, für wen die sind?»

Alison überlegte. «Für Evie, will ich hoffen. Wenn jemand rote Rosen verdient hat, dann Evie.»

«Ich habe schon veranlasst, dass Evie Rosen geschickt bekommt. Rosa Rosen mit viel Asparagus und einer entsprechenden Karte. Rate nochmal.»

«Sind sie für Janey?»

«Falsch.»

«Larry? Für den Kater?»

«Wieder falsch.»

«Ich geb's auf.»

«Sie sind», sagte Henry, um einen gewichtigen Ton bemüht, dabei strahlte er wie ein erwartungsvoller Schuljunge, «für die Gattin des neu ernannten Exportchefs von Fairhurst & Hanbury.»

«Du hast den Posten!»

Er trat von ihr zurück, und sie sahen sich an. Dann machte Alison ein Geräusch, das sich halb wie ein Schluchzen, halb wie ein Triumphgeschrei anhörte, und warf sich an seine Brust. Er ließ Aktenmappe, Zeitung und Rosen fallen und nahm sie in seine Arme.

Nach einer Weile sprang Catkin, von dem Tumult aufgestört, aus seinem Korb, um die Rosen zu begutachten, aber als er feststellte, dass sie nicht essbar waren, legte er sich wieder auf seiner Decke schlafen.

Schneesturm im Frühling

Dienstagmorgen hatte es bereits ganz leicht geschneit und dann wieder aufgehört, sodass der Boden so gesprenkelt aussah wie die Federn einer Legehenne. Der Wind pfiff allerdings unvermindert, es war immer noch eiskalt, und dem verhangenen, khakifarbenen Himmel nach zu urteilen, musste man mit noch schlechterem Wetter rechnen.

Nach einem Blick vor die Tür kam Oliver Cairney zu dem Schluss, der Tag sei günstig, um im Haus zu bleiben und in Charles' Sachen etwas Ordnung zu schaffen. Was sich als quälendes Unterfangen entpuppte. Tüchtig und sorgfältig, wie Charles war, hatte er zwar jeden Brief und jede Rechnung, die die Farm betrafen, ordentlich abgelegt, sodass der Verkauf des Landes sich einfacher gestalten würde als befürchtet.

Doch dazwischen, gab es noch einen Haufen anderer Sachen. Persönliche Dinge, Briefe und Einladungen, einen abgelaufenen Pass, Hotelrechnungen und Fotos, Charles' Adressbuch, den silbernen Füllfederhalter, den er zum einundzwanzigsten Geburtstag bekommen hatte, sein Tagebuch, eine Schneiderrechnung.

Oliver hatte plötzlich die Stimme seiner Mutter im Ohr,

mit einem Gedicht, das sie ihnen vorgelesen hatte; von Alice
Duer Miller:

Was macht man mit den Schuhen einer Frau
Wenn doch die Frau nicht mehr lebt?

Er gab sich einen Ruck, zerriss die Briefe, sortierte die Fotos,
warf Siegelwachsstummel weg, Schnüre, ein kaputtes Schloss
ohne Schlüssel, ein Fläschchen eingetrocknete Tusche. Um elf
quoll der Papierkorb bereits über, und Oliver wollte gerade
den Abfallberg in die Küche schaffen, als er hörte, wie die
Haustür zuschlug. Sie war halb verglast und tönte hohl, sodass
in der holzverschalten Eingangshalle ein Echo nachklang. Mit
dem Papierkorb in der Hand machte er kehrt und ging dem
unbekannten Besucher entgegen.

«Liz!»

Sie trug eine enge Hose, ein kurzes Pelzjäckchen und die-
selbe schwarze Mütze wie am Vortag, die sie nun abnahm, um
sich mit der freien Hand durch die kurz geschnittenen dunkel-
braunen Haare zu fahren. Es war eine seltsam unsichere Geste,
die überhaupt nicht zu ihrer eleganten Erscheinung passte. Ihr
Gesicht schimmerte von der Kälte rosig, und sie strahlte ihn
an. Sie sah hinreißend aus.

«Hallo, Oliver.»

Sie beugte sich über den Papierberg und gab ihm einen Kuss
auf die Wange. «Wenn du mich nicht sehen willst, sag's einfach, dann bin ich schon wieder weg.»

«Wer sagt denn, dass ich dich nicht sehen will?»

«Ich dachte, vielleicht ...»

«Nichts da, vielleicht. Komm mit, dann kriegst du eine Tasse Kaffee. Ich kann auch einen gebrauchen, und ein bisschen Gesellschaft tut mir gerade gut.»

Er ging voraus und stieß die Küchentür mit einem gekonnten Hüftschwung auf. Liz ging an ihm vorbei, mit ihren langen Beinen und der Wolke aus frischer Luft und einem Hauch Chanel No 5, die sie umgab. «Setz den Kessel auf», sagte er. «Ich lade nur noch schnell den Kram hier ab.»

Er durchquerte die Küche, ging zur Hintertür hinaus in die Eiseskälte, schaffte es, den Papierkorb in die Tonne zu leeren, ohne dass allzu viel vom Wind davongeweht wurde, klappte energisch den Deckel zu und kehrte dankbar in die warme Küche zurück. Liz stand am Spülbecken, wo sie ein wenig fehl am Platze wirkte, und ließ Wasser in den Kessel laufen.

«Mein Gott, ist das eine Kälte!», sagte Oliver.

«Kann man wohl sagen. Und das nennt sich Frühling. Ich bin von Rossie Hill zu Fuß herübergelaufen, und ich dachte, ich sterbe.» Sie trug den Wasserkessel an den altmodischen Ofen, klappte den schweren Deckel auf und stellte den Kessel auf die Platte. Dann drehte sie sich um und blieb am Ofen stehen, um sich den Rücken zu wärmen. Sie sahen sich über den Raum hinweg an. Plötzlich redeten beide gleichzeitig.

«Du hast dir die Haare schneiden lassen», sagte Oliver.

«Das mit Charles tut mir so leid», sagte Liz.

Jeder stockte, um den anderen ausreden zu lassen. Dann sagte Liz leicht verlegen: «Es ist einfacher zum Schwimmen, weißt du. Ich war gerade bei einer Freundin auf Antigua.»

«Ich wollte mich bedanken, dass du gestern da warst ...»

«Ich ... ich war noch nie vorher auf einer Beerdigung.»

Die wimperngetuschten Augen glänzten plötzlich vor unge-weinten Tränen. Der elegante Kurzhaarschnitt lenkte den Blick auf die schöne Nackenlinie und das vom Vater geerbte energische Kinn. Liz begann, ihr Pelzjäckchen aufzuknöpfen; er bemerkte ihre braun gebrannten Hände, die in gedecktem Rosa lackierten Fingernägel, einen dicken Siegelring am Fin-ger und mehrere dünne Goldreife um das schmale Handge-lenk.

«Du bist erwachsen geworden, Liz», sagte Oliver. Nicht ge-rade eine passende Bemerkung.

«Natürlich, ich bin inzwischen zweiundzwanzig. Falls du nicht mitgerechnet hast.»

«Wie lang haben wir uns eigentlich nicht mehr gesehen?»

«Fünf Jahre? Mindestens fünf, glaube ich. Du bist nach London gezogen, ich nach Paris, und wenn ich zu Besuch nach Rossie Hill kam, warst du immer gerade weg.»

«Aber Charles war da.»

«Schon.» Sie fingerte am Deckel des Wasserkessels herum. «Aber falls ich Charles je aufgefallen sein sollte, hat er darüber jedenfalls kein Wort verloren.»

«Natürlich bist du ihm aufgefallen. Er konnte seine Gefühle nur nie besonders gut ausdrücken. Du warst für Charles schon immer vollkommen, auch als fünfzehnjähriges Gör mit Zöp-fen und in ausgebeulten Jeans. Er hat nur darauf gewartet, dass du erwachsen wirst.»

«Ich kann es nicht fassen, dass er tot ist», sagte sie.

«Bis gestern konnte ich das auch nicht. Aber jetzt akzeptiere ich es allmählich.» Der Kessel fing an zu summen. Oliver holte Kaffeetassen, ein Glas Pulverkaffee und eine Flasche Milch aus dem Kühlschrank. «Mein Vater hat mir das mit Cairney erzählt», sagte Liz.

«Dass ich es verkaufen will, meinst du?»

«Wie bringst du das nur fertig, Oliver?»

«Weil mir nichts anderes übrig bleibt.»

«Sogar das Gutshaus? Muss das auch mit weg?»

«Was soll ich denn mit dem Haus allein?»

«Du könntest es einfach behalten, als Wochenend- und Ferienhaus, damit du noch einen Fuß auf Cairney hast.»

«Das hört sich für mich nach Verschwendung an.»

«Ach was.» Sie zögerte kurz, und dann brach es aus ihr heraus: «Wenn du verheiratet bist und Kinder hast, dann kannst du mit deiner Familie hierher ziehen, und die Kinder können die ganzen herrlichen Sachen machen, die ihr früher gemacht habt. Sich richtig austoben, Baumhäuser in der Buche bauen und Pferde haben ...»

«Wer sagt denn, dass ich heiraten will?»

«Mein Vater hat gesagt, du wolltest heiraten, wenn du für alles andere zu alt bist.»

«Dein Vater erzählt dir viel zu viel.»

«Wie meinst du das?»

«Hat er schon immer. Er hat dich verwöhnt und dir seine ganzen kleinen Geheimnisse anvertraut. Du warst ein verwöhntes kleines Biest, weißt du das?»

Sie grinste. «Das klingt aber gar nicht nett, Oliver.»

«Ich habe keine Ahnung, wie du überhaupt lebend da rausgekommen bist. Ein Einzelkind mit Eltern, die dich abgöttisch geliebt und nicht einmal zusammengelebt haben, sodass du zwischen zwei Menschen hin- und herpendeln konntest, die dir vollkommen ergeben waren. Und als ob das nicht genügt hätte, hattest du auch noch Charles, der dich nach Strich und Faden verwöhnt hat.»

Das Wasser kochte, und er nahm den Kessel vom Ofen. Liz deckte die altmodische Ofenplatte wieder zu. «Was man von dir nicht behaupten konnte.»

«Das wäre ja noch schöner gewesen.» Er goss den Pulverkaffee auf.

«Du hast mich überhaupt nie bemerkt. Ich sollte dir gefälligst nicht vor den Füßen herumlaufen.»

«Tja, da warst du auch noch eine Göre, nicht so elegant wie jetzt. Ich habe dich gestern überhaupt nicht erkannt. Erst als du die Sonnenbrille abgenommen hast. Und da war ich baff.»

«Ist der Kaffee jetzt fertig?»

«Ja. Komm, trink, bevor er kalt wird.»

Sie saßen sich am blank gescheuerten Küchentisch gegenüber. Liz hielt ihre Kaffeetasse mit beiden Händen, als hätte sie immer noch kalte Finger, und warf ihm einen provozierenden Blick zu.

«Wir waren bei deinen Heiratsplänen stehen geblieben.»

«Wir? Du vielleicht.»

«Wie lange bleibst du auf Cairney?»

«Bis alles geregelt ist. Und du?»

Liz zuckte die Achseln. «Ich sollte eigentlich schon in London sein. Meine Mutter und Parker sind geschäftlich ein paar Tage dort. Als ich vom Flughafen hier ankam, habe ich gleich angerufen, um ihr das mit Charles zu erzählen. Sie wollte mich überreden, sofort zu ihnen zu fahren, aber ich hab ihr erklärt, dass ich zur Beerdigung hier sein will.»

«Jetzt weiß ich immer noch nicht, wie lang du auf Rossie Hill bleibst.»

«Ich hab keine festen Pläne.»

«Dann bleib doch eine Weile.»

«Würde dich das freuen?» – «Ja.»

Als er das ausgesprochen hatte, war das Eis zwischen ihnen endgültig gebrochen. Sie saßen noch eine Weile zusammen und vergaßen vor lauter Gesprächsstoff die Zeit. Erst als die Standuhr in der Diele zwölf schlug, horchte Liz auf. Sie sah auf ihre Armbanduhr. «Das darf nicht wahr sein – ist es wirklich schon so spät? Ich muss gehen.»

«Wohin denn?»

«Zum Lunch. So ein altmodischer kleiner Imbiss, weißt du noch, oder nimmst du diese Mahlzeit nicht mehr zu dir?»

«O doch.»

«Dann komm doch mit und iss bei uns.»

«Ich fahr dich gern nach Hause, aber zum Essen bleibe ich nicht.»

«Warum nicht?»

«Weil ich schon den ganzen Vormittag mit dir verquasselt habe, und dabei habe ich tausenderlei Dinge zu erledigen.»

«Dann eben zum Abendessen. Heute?»

Er überlegte einen Moment und fragte dann: «Würde morgen auch gehen?»

Sie zuckte die Achseln, ganz weibliche Fügsamkeit. «Wie du möchtest.»

«Morgen würde mir ausgezeichnet passen. So um acht?»

«Ein bisschen früher, wenn du vorher noch einen Aperitif möchtest.»

«Gut, viertel vor acht. Hast du deine Jacke? Ich fahr dich nach Hause.»

Sein Wagen war dunkelgrün, klein, tief liegend und sehr schnell. Sie saß mit den Händen in den Jackentaschen neben ihm, starrte auf die kahle schottische Landschaft hinaus und spürte die körperliche Nähe dieses Mannes so sehr, dass es fast wehtat.

Er hatte sich verändert, und doch wieder nicht. Älter war er geworden. Er hatte Falten im Gesicht, die früher noch nicht dort gewesen waren, und ganz tief in den Augen einen Ausdruck, der ihr fremd vorkam – als lasse sie sich auf eine Affäre mit einem völlig fremden Menschen ein. Und doch war es derselbe alte Oliver: lässig, niemals bereit, sich festzulegen, unverwundbar.

Für Liz hatte es immer nur Oliver gegeben. Charles war nur die Ausrede für ihre häufigen Besuche auf Cairney gewesen. Liz hatte ihr schlechtes Gewissen damit beruhigt, dass Charles sich immer freute, wenn sie kam, und sie ermunterte, recht oft vorbeizuschauen. Doch im Grunde kam sie wegen Oliver.

Charles war der eher bodenständige Typ, kräftig, rotblond und sommersprossig. Oliver dagegen duftete nach der großen weiten Welt. Charles brachte Zeit und Geduld für einen schlaksigen Teenager auf; er zeigte ihr, wie man eine Angel auswirft, wie man beim Tennis aufschlägt; er half ihr, den ersten richtigen Ball durchzustehen, und brachte ihr beim Reel die Grundschritte bei. Während sie die ganze Zeit nur Augen für Oliver gehabt und inständig gehofft hatte, er würde sie einmal auffordern.

Was er allerdings nie tat. Es gab nämlich immer eine andere, irgendein fremdes Mädchen, das er aus England mitgebracht hatte. *Wir kennen uns von der Universität, von einer Party, über unseren gemeinsamen Freund Sowieso.* Im Lauf der Jahre kam eine stattliche Anzahl zusammen. Oliver und seine Freundinnen waren ein Standardwitz in der Umgebung. Liz fand das Ganze allerdings überhaupt nicht lustig. Sie beobachtete das Treiben aus dem Hintergrund, hasste jedes einzelne dieser Mädchen und stellte sich vor, wie sie die hübschen Larven mit glühenden Nadeln durchspießte. Mit anderen Worten: Sie war gebeutelt vom ganzen Elend einer Teenager-Eifersucht.

Nach der Trennung ihrer Eltern war es Charles gewesen, der Liz geschrieben und sie über alles Wissenswerte von Cairney auf dem Laufenden gehalten hatte. Doch es war Olivers Foto, das sie in einem Geheimfach in ihrer Börse immer bei sich trug, ein kleiner, verwackelter Schnappschuss, den sie selbst aufgenommen hatte.

Auf dem Beifahrersitz neben ihm schielte sie nun vorsichtig nach rechts. Die beiden Hände auf dem lederumwickelten Lenkrad hatten lange Finger mit breiten, eckigen Fingernägeln. In Daumennähe war eine Narbe, und sie erinnerte sich daran, wie er sich an einem neuen Stacheldrahtzaun die Hand aufgerissen hatte. Unauffällig ließ sie die Augen an seinem Arm entlang nach oben wandern. Er spürte ihren Blick, wandte den Kopf und lächelte ihr zu, mit seinen strahlend blauen Augen.

«Schon mal einen Mann am Steuer gesehen?», fragte er lachend, doch Liz gab keine Antwort. Sie dachte an ihre Ankunft in Prestwick, als ihr Vater sie am Flughafen abgeholt hatte. *Charles hatte einen Unfall. Er ist tot.* Im ersten Augenblick konnte sie es nicht fassen, es war, als hätte man ihr den Boden unter den Füßen weggezogen und sie stünde vor einem riesigen Loch. «Und Oliver?», hatte sie schwach gefragt.

«Oliver ist auf Cairney. Beziehungsweise müsste inzwischen dort sein; er ist heute von London heraufgefahren. Am Montag ist die Beerdigung ...»

Oliver ist auf Cairney. Charles, der liebe, nette, geduldige Charles war tot, doch Oliver lebte, und er war auf Cairney. Nach all den Jahren sollte sie ihn wiedersehen. Auf der ganzen Fahrt bis Rossie Hill ging ihr dieser Gedanke nicht mehr aus dem Kopf. *Ich sehe ihn wieder. Morgen und übermorgen und überübermorgen auch.* Sie rief ihre Mutter in London an und erzählte ihr das mit Charles, doch als Elaine sie überreden wollte, die Trauer Trauer sein zu lassen und zu ihr zu kommen, lehnte sie ab. Die Entschuldigung hatte sie schnell parat.

«Ich muss hier bleiben. Papa ... und die Beerdigung ...» Dabei hatte sie die ganze Zeit genau gewusst, dass sie nur wegen Oliver blieb.

Und wie durch ein Wunder hatte es geklappt. Sie war sich ihrer Sache sicher gewesen, als Oliver auf dem Friedhof sich plötzlich ohne ersichtlichen Grund umgedreht und ihr in die Augen gesehen hatte. Mit einem überraschten Ausdruck im Gesicht, der sofort in Bewunderung umschlug. Inzwischen war er ihr nicht mehr haushoch überlegen, sie waren sich jetzt ebenbürtig. Und – was einerseits traurig war, die Sache andererseits aber erleichterte – man musste keine Rücksicht mehr auf Charles nehmen. Auf den guten Charles, den lästigen

Charles, immer zur Stelle, wie ein treuer Hund, der darauf wartet, dass man mit ihm Gassi geht.

Sie ließ ihrer ungestümen Phantasie freien Lauf und gönnte sich den einen oder anderen Zukunftstraum. Eine Hochzeit auf Cairney, eine kleine Landhochzeit in der hiesigen Kirche vielleicht, nur mit ein paar Freunden. Anschließend eine Hochzeitsreise nach –? Antigua wäre genau das Richtige. Dann nach London zurück. Er hatte dort ja bereits eine Wohnung; die könnten sie gut als Basis für die Suche nach einem Haus benutzen. Und – eine phantastische Idee! – ihr Vater sollte ihr das Cairney'sche Gutshaus zur Hochzeit schenken, dann konnte das Szenario, das sie für Oliver vorhin so beiläufig entworfen hatte, Wirklichkeit werden. Sie sah schon vor sich, wie sie zu zweit an langen Wochenenden herfuhren, den Sommer hier verbrachten, später die Ferien mit den Kindern, Gäste einluden, rauschende Feste feierten ...

«Du bist plötzlich so still», sagte Oliver.

Mit einem Ruck kehrte Liz in die Wirklichkeit zurück. Sie waren fast zu Hause; der Wagen rauschte schon die Buchenallee hinauf. Über ihnen knarzten nackte Äste im unbarmherzigen Wind. Vor der Haustür hielten sie an.

«Ich war bloß in Gedanken», sagte Liz. «Nichts weiter. Vielen Dank fürs Heimfahren.»

«Vielen Dank, dass du herübergekommen bist und mich aufgeheitert hast.»

«Und morgen kommst du zum Abendessen?»

«Ich freue mich schon darauf.»

«Viertel vor acht?»

«Viertel vor acht.»

Sie lächelten sich zu. Dann beugte er sich hinüber, um ihr die Tür zu öffnen. Liz stieg aus und lief die vereisten Stufen zur Veranda hinauf. Dort drehte sie sich um und wollte ihm noch nachwinken, doch sie sah nur noch die Rücklichter von Olivers Wagen in Richtung Cairney verschwinden.

Am Abend wurde Liz in der Badewanne von einem Anruf aufgeschreckt. Sie wickelte sich ein großes Handtuch um und nahm den Hörer ab. Es war ihre Mutter aus London.

«Elizabeth?»

«Hallo, Mama.»

«Wie geht's dir, mein Schatz? Wie läuft denn alles?»

«Ach, wunderbar. Perfekt. Ideal.»

So eine muntere Antwort hatte Elaine nicht gerade erwartet. Sie klang verwirrt. «Warst du denn nicht auf der Beerdigung?»

«Doch, doch, es war schauderhaft, ich musste mich sehr zusammennehmen.»

«Dann komm doch nach London. Wir sind noch ein paar Tage hier.»

«Ich kann noch nicht weg ...» Liz zögerte. Sonst schwieg sie sich über ihre persönlichen Angelegenheiten aus. Elaine beklagte sich ständig, sie erfahre nie etwas vom Leben ihrer eigenen Tochter. Doch plötzlich verspürte Liz das Bedürfnis, ihrer Mutter alles zu erzählen. Die aufregenden Ereignisse von heute und die Aussichten auf die nahe Zukunft waren einfach zu spannend; wenn sie nicht bald irgendjemandem von Oliver erzählte, würde sie platzen. Und schon sprudelte es aus ihr heraus: «Oliver ist nämlich gerade hier. Und morgen Abend kommt er zum Essen.»

«Oliver? Oliver Cairney?»

«Natürlich Oliver Cairney. Was für einen Oliver kennen wir denn sonst?»

«Du meinst, wegen Oliver ...?»

«Genau. Wegen Oliver.» Liz lachte. «Ach Mama, sei doch nicht so begriffsstutzig.»

«Aber ich dachte immer, dass du Char...»

«Da hast du dich eben getäuscht», sagte Liz schnippisch.

«Und was sagt Oliver dazu?»

«Na ja, er wirkt nicht gerade abgeneigt.»

«Tja, also ...» Elaine wusste offensichtlich nicht, was sie sagen sollte. «Das habe ich nun wirklich nicht erwartet. Aber wenn du glücklich bist ...»

«Allerdings, das kannst du mir glauben.»

«Nun, dann halte mich auf dem Laufenden», bat ihre Mutter schwach.

«Mach ich.»

«Und sag mir Bescheid, wann du nach London kommst.»

«Wir kommen wahrscheinlich gemeinsam», sagte Liz, das Bild bereits vor Augen. «Vielleicht fahren wir zusammen mit dem Auto.»

Schließlich hängte ihre Mutter ein. Liz legte den Hörer auf, zog sich das Badetuch fester um die Schultern und tappte ins Bad zurück. Oliver. Immer wieder sagte sie seinen Namen vor sich hin. Oliver Cairney. Sie stieg in die Wanne und drehte mit den Zehen den Warmwasserhahn auf. Oliver.

Die Fahrt Richtung Norden war wie eine Reise gegen die Zeit. Der Frühling ließ dieses Jahr zwar überall auf sich warten, aber in London hatte es wenigstens schon Spuren von Grün gegeben, die ersten Blätterspitzen an den Bäumen im Park, die ersten gelben Krokusse. In den Blumenkästen in der Stadt blühten Narzissen und lila Iris, und in den Schaufenstern der Kaufhäuser waren Sommerkleider ausgestellt, die Hoffnungen auf eine bunte Welt mit Ferien, Kreuzfahrten und strahlend blauem Himmel weckten.

Die Autobahn nach Norden schnitt dagegen durch flaches Land, das immer grauer, kälter und karger wurde. Die Straßen waren nass und schmutzig. Jeder Lastwagen, der vorbeifuhr – und Calebs Auto wurde praktisch von allem überholt, was vier Räder hatte –, schleuderte eine braune Dreckfontäne auf die Windschutzscheibe, sodass die Scheibenwischer Überstunden machen mussten. Zu allem Übel ging auch kein Fenster richtig zu, und die Heizung war entweder kaputt oder reagierte nur auf irgendeinen Trick, auf den weder Jody noch Caroline kamen. Jedenfalls funktionierte sie nicht.

Trotz dieser widrigen Umstände war Jody bester Laune. Er studierte die Karte, sang und stellte komplizierte Berechnungen zu Meilenstand und Durchschnittsgeschwindigkeit an, mit eher deprimierendem Ergebnis allerdings.

«Ein Drittel haben wir schon.» – «Jetzt haben wir die Hälfte geschafft.» Und dann: «Jetzt sind es nur noch fünf Meilen bis Scotch Corner. Warum nennt sich das wohl Scotch Corner, wo es doch noch gar nicht in Schottland liegt?»

«Vielleicht muss man da anhalten und kriegt einen Scotch spendiert?»

Jody lachte sich kaputt. «Sag mal, eigentlich war doch von unserer ganzen Familie noch keiner in Schottland. Wieso Angus wohl ausgerechnet dahin gegangen ist?»

«Das können wir ihn ja bald selber fragen.»

«Genau», sagte Jody fröhlich. Er griff nach hinten und holte den Rucksack, den sie wohlweislich mit Proviant voll gepackt hatten. «Was möchtest du jetzt? Wir haben noch ein Schinkensandwich, einen ziemlich angeschlagenen Apfel und ein paar Schokoladenkekse.»

«Danke, ich hab im Moment gar keinen Hunger.»

«Macht es dir was aus, wenn ich das Sandwich esse?»

«Überhaupt nicht.»

Hinter Scotch Corner fuhren sie auf die A 68; das kleine Auto fraß sich tapfer durch die düstere Moorlandschaft von Northumberland, durch Otterburn und weiter bis Carter Bar. Die Straße wand sich in Serpentinen die steile Steigung hinauf, und schließlich hatten sie den letzten Kamm erreicht, die Grenzmarkierung passiert. Schottland lag vor ihnen.

«Wir sind da», verkündete Jody höchst zufrieden. Doch Caroline sah nur eine graue, wellige Landschaft vor sich, und in der Ferne eine schneebedeckte Hügelkette.

«Du meinst doch wohl nicht, dass es schneien könnte?», fragte sie besorgt. «Es ist furchtbar kalt.»

«Ach, doch nicht jetzt im Frühling.»

«Und was liegt da vorn auf den Hügeln?»

«Ein Rest vom Winter, bloß noch nicht geschmolzen.»

«Der Himmel sieht aber furchtbar düster aus.»

Das stimmte. Jody runzelte die Stirn. «Wär das schlimm, wenn es schneien würde?»

«Keine Ahnung. Wir haben jedenfalls keine Winterreifen, und ich bin noch nie bei so einem Wetter gefahren.»

Nach einer kurzen Pause sagte Jody: «Ach, wird schon schief gehen», und nahm sich die Karte wieder vor. «Als Nächstes müssen wir jetzt nach Edinburgh.»

Als sie ankamen, war es fast dunkel, und in der zugigen Stadt gingen die Lichter an. Natürlich verfuhren sie sich zunächst, fanden dann aber unter den tausend Einbahnstraßen doch die richtige, die sie auf die Autobahn aus der Stadt in Richtung Brücke brachte. Ein letztes Mal hielten sie an, um zu tanken und Öl nachzufüllen. Während der Tankwart das Wasser kontrollierte und dann die verdreckte Windschutzscheibe mit einem nassen Schwamm bearbeitete, stieg Caroline aus, um sich die Beine zu vertreten.

«Kommen Sie von weit her?», fragte der Tankwart, der den betagten Mini mit einigem Interesse betrachtete.

«Aus London.»

«Und wohin geht die Reise?»

«Wir möchten nach Strathcorrie, in Perthshire.»

«Da haben Sie aber noch ein ganz schönes Stück vor sich.»

«Das ist uns schon klar.»

«Sie fahrn direkt ins schlechte Wetter rein.» Jody gefiel der komische schottische Akzent, und er übte ihn leise vor sich hin.

«Wirklich?»

«Ich hab gerade den Wetterbericht gehört, es soll wieder schneien. Da müssen Sie aufpassen. Ihre Reifen ...» – er stieß mit der Stiefelspitze gegen das linke Vorderrad –, «Ihre Reifen sind nicht mehr die besten.»

«Ach, das wird schon gehen.»

«Jedenfalls, wenn Sie im Schnee stecken bleiben, denken Sie an die goldene Regel: Auf keinen Fall aus dem Auto aussteigen.»

«Ist gut. Machen wir.»

Sie bezahlten, bedankten sich und machten sich wieder auf den Weg. Der Tankwart sah ihnen kopfschüttelnd nach und konnte sich wieder einmal nicht genug über die Unvernunft der Engländer wundern.

Vor ihnen tauchte die Forth Bridge auf, mit blinkenden Warnlichtern: LANGSAM! HEFTIGER SEITENWIND. Sie bezahlten den Zoll und ratterten hinüber, vom Wind gebeutelt und durchgerüttelt. Drüben ging die Autobahn nach Norden weiter, aber es war so stürmisch und finster, dass sie über den schwachen Scheinwerferkegel hinaus nichts von der Landschaft erkennen konnten.

«Ein Jammer», sagte Jody «Da sind wir in Schottland, und man sieht nichts. Nicht mal den kleinsten Schottenrockzipfel.»

Aber Caroline brachte kein Lächeln zustande. Sie fror, war erschöpft und machte sich Sorgen wegen des Wetters und des drohenden Schnees. Mit einem Mal war das Abenteuer keines mehr, sondern einfach eine riesengroße Dummheit.

Zu schneien begann es hinter Relkirk. Vom Wind getrieben, kamen ihnen aus der Dunkelheit die Schneeflocken in langen, blendend weißen Streifen entgegengeschossen.

«Wie Flak», sagte Jody.

«Wie was?»

«Flak. Flugabwehrfeuer. In Kriegsfilmen. Das sieht genauso aus.»

Erst blieb der Schnee nicht auf der Straße liegen. Doch als sie in die Hügelkette hinauffuhren, wurde er sogar ziemlich tief, lag in Mulden und auf Mäuerchen, vom Wind zu großen, kissenförmigen Schneewehen aufgetürmt. Er klebte an der Windschutzscheibe und setzte sich unter den Scheibenwischern fest, bis sie überhaupt nicht mehr funktionierten. Caroline musste anhalten, sodass Jody aussteigen und mit einem alten Handschuh die Scheibe freiräumen konnte. Nass und bibbernd stieg er wieder ein.

«Meine Schuhe sind total durchnässt. Es ist eisig.»

Sie fuhren weiter. «Wie viele Meilen haben wir noch?» Ihr Mund war vor Angst ganz ausgetrocknet, die kalten Finger umklammerten das Lenkrad. Sie befanden sich anscheinend in einer vollkommen unbewohnten Gegend, kein Licht weit und breit, keine Häuser, kein anderes Auto, nicht einmal eine Reifenspur auf der Straße.

Jody knipste die Taschenlampe an und studierte die Karte. «Ungefähr acht, würde ich sagen. Noch acht Meilen bis Strathcorrie.»

«Und wie spät ist es?»

Er sah auf die Uhr. «Halb elf.»

Soeben hatten sie eine kleine Anhöhe überwunden, nun ging es auf einer schmalen Straße zwischen zwei Steinmauern bergab. Caroline schaltete in einen niedrigeren Gang, und als sie immer schneller rollten, bremste sie sacht, jedoch nicht sacht genug, sodass der Mini ins Schleudern geriet. Einen entsetzlichen Augenblick lang spürte sie, dass sie die Herrschaft über den Wagen verloren hatte. Vor ihnen tauchte eine Mauer auf, dann versanken die Vorderreifen mit einem dumpfen

Schlag in einer Schneewehe, und sie blieben abrupt stehen. Mit zitternden Händen ließ Caroline den Motor wieder an. Sie schaffte es irgendwie, die Räder aus dem Schnee und das Auto zurück auf die Straße zu manövrieren. Im Schneckentempo fuhren sie weiter.

«Ist es gefährlich?», fragte Jody.

«Ich fürchte, schon. Wenn wir bloß Winterreifen hätten.»

«Caleb hätte auch keine Winterreifen, wenn er am Nordpol wohnen würde.»

Inzwischen fuhren sie durch ein tiefes Tal an einer Schlucht entlang, aus der man über das Geheul des Windes hinweg einen Fluss gurgeln und rauschen hörte. Die Straße führte auf eine steile Bogenbrücke zu. Aus Angst, die Steigung nicht zu schaffen, nahm Caroline sie mit Anlauf und erkannte zu spät, dass die Straße auf der anderen Seite eine scharfe Rechtskurve machte. Geradeaus stand nur eine nackte Steinmauer.

Jody japste nach Luft. Sie riss das Lenkrad herum, doch es war schon zu spät. Das kleine Auto machte plötzlich, was es wollte, rutschte direkt auf die Mauer zu und versank mit der Nase in einem tiefen Schneegraben. Der Motor starb sofort ab, und dann steckten sie quer zur Straße fest, die Hinterräder noch auf der Fahrbahn, aber Scheinwerfer und Kühlergrill hoffnungslos im Schnee versunken.

Ohne die Scheinwerfer war es dunkel. Caroline streckte die Hand aus, um Licht und Zündung auszuschalten. Zitternd drehte sie sich zu Jody um. «Hast du dir wehgetan?»

«Bloß den Kopf ein bisschen angehauen, sonst ist alles klar.»

«Entschuldige.»

«Du kannst doch nichts dafür.»

«Vielleicht hätten wir besser früher angehalten. Und wären in Relkirk geblieben.»

Jody äugte in die tobende Finsternis hinaus. Tapfer erklärte er: «Also, ich glaub, das ist ein Blizzard. So was hab ich noch nicht erlebt. Der Mann an der Tankstelle hat gesagt, wir sollen im Auto sitzen bleiben.»

«Das geht nicht. Es ist viel zu kalt. Warte du hier, ich seh mich mal um.»

«Verlauf dich nicht.»

«Gib mir die Taschenlampe.»

Sie knöpfte ihre Jacke zu und stieg vorsichtig aus, versank erst bis zu den Knien im Schnee und kletterte dann auf die Straße hoch, bis sie festen Boden unter den Füßen spürte. Es war nass und eiskalt, und trotz der Taschenlampe sah sie in dem dichten Schneegestöber kaum die Hand vor den Augen. Die wirbelnden Flocken hielten einen zum Narren; man sah nichts mehr und konnte leicht vollkommen die Orientierung verlieren.

Sie ging ein paar Schritte auf der Straße und leuchtete die Steinmauer ab, die ihnen zum Verhängnis geworden war. Nach ungefähr zehn Metern wölbte sich die Mauer nach innen und mündete in eine Art Einfahrt. Sie folgte der Biegung, bis sie an einen Torpfosten und ein Holztor kam. Es stand offen. Ganz oben hing ein Schild. Mit zusammengekniffenen Augen leuchtete Caroline gegen den Schnee hinauf und entzifferte mühsam die Aufschrift: CAIRNEY. PRIVAT.

Sie knipste die Taschenlampe aus und starrte in die Finsternis hinter dem Tor. Dort lag offenbar eine Allee; sie hörte, wie der Wind hoch droben durch kahle Äste heulte, und dann erspähte sie, ganz in der Ferne, durch das Gewirbel der Flocken hindurch, ein einzelnes Licht.

Sie drehte sich um und kämpfte sich so schnell wie möglich zu Jody zurück. Mit einem Ruck riss sie die Beifahrertür auf. «Wir haben Glück!»

«Wieso?»

«Diese Mauer, die gehört zu einem Gut oder einem Hof oder irgendwas. Da vorn ist ein Tor und eine Einfahrt. Und man sieht ein Licht. Es ist höchstens eine halbe Meile hin.»

«Aber der Mann an der Tankstelle hat gesagt, wir sollen im Auto bleiben.»

«Wenn wir hier bleiben, erfrieren wir. Komm, es stürmt und schneit zwar fürchterlich, aber wir schaffen es schon, es ist nicht so weit. Lass den Rucksack hier, nimm bloß die Taschen. Und mach deine Jacke zu.»

Er gehorchte und kletterte mit Mühe aus dem schräg stehenden Auto. Man durfte jetzt vor allem keine Zeit verlieren, so viel war Caroline klar. In ihren Londoner Frühlingssachen waren weder sie noch Jody für diese Polarkälte gerüstet. Beide trugen Jeans und dünne Schuhe; Caroline hatte eine Wildlederjacke und ein Baumwolltuch, das sie sich um den Kopf schlingen konnte, aber Jodys blaue Windjacke war erbärmlich dünn, und für den Kopf hatte er gar nichts.

«Willst du das Tuch um den Kopf?» Der Wind riss ihr die Worte aus dem Mund.

Er war empört. «Ach Quatsch!»

«Kannst du deine Tasche tragen?»

«Natürlich.»

Das Auto war bereits dick verschneit, die Konturen hatten

sich verwischt, und bald würde es vollkommen eingeschneit und nicht mehr zu erkennen sein.

«Meinst du, da fährt jemand drauf?»

«Das glaub ich nicht. Außerdem können wir sowieso nichts machen. Selbst wenn wir das Licht anlassen, deckt der Schnee es doch einfach zu.» Sie nahm ihn an der Hand. «Jetzt komm, reden wir nicht so viel, wir müssen uns beeilen.»

Sie führte ihn zu der Einfahrt, indem sie ihren eigenen, immer schwerer erkennbaren Fußspuren nachging. Hinter dem Tor tauchte die Dunkelheit in einen schwarzen, schneeflimmernden Tunnel. Doch das Licht war noch da – ein bloßer Stecknadelkopf in der Ferne. Hand in Hand, die Köpfe gegen den Sturm gesenkt, machten sie sich auf den Weg.

Es war eine unheimliche Wanderung. Sie hatten sämtliche Elemente gegen sich. In Sekundenschnelle waren sie klatschnass und schlotterten vor Kälte. Die kleinen Reisetaschen, die ihnen so leicht vorgekommen waren, wogen mit jedem Schritt mehr. Der schwere, nasse Schnee fiel darauf und setzte sich wie Kleister daran fest. Hoch über ihnen knarrten die kahlen Äste unter den peitschenden Sturmböen. Ab und zu hörte man, wie einer abbrach, auf dem Boden aufschlug und krachend zersplitterte.

Jody wollte etwas sagen. «Hoffentlich …» Mit eingefrorenen Backen und klappernden Zähnen brachte er den Satz schließlich heraus. «Hoffentlich fällt uns kein Baum drauf.»

«Das hoff ich auch.»

«Und mein Anorak soll angeblich wasserdicht sein.» Er klang vorwurfsvoll. «Ich bin aber schon klatschnass.»

«Das ist ein Blizzard, Jody, und kein Sommerregen.»

Das Licht brannte immer noch, ein bisschen heller vielleicht und ein bisschen näher, aber mittlerweile kam es Caroline vor, als wären sie seit Ewigkeiten unterwegs. Es war wie eine endlose Reise in einem Albtraum, einem tanzenden Irrlicht folgend, das man nie ganz erreicht. Sie hatte die Hoffnung, irgendwo anzukommen, bereits aufgegeben, als sich die Finsternis plötzlich lichtete, das Rauschen der Bäume hinter ihnen leiser wurde und sie begriff, dass sie am Ende der Auffahrt angelangt waren. Im selben Moment verschwand das Licht hinter einem unförmigen Gebilde, das nach einer Gruppe verschneiter Rhododendronsträucher aussah. Doch als sie sich daran vorbeigetastet hatten, tauchte es wieder auf, und jetzt war es ganz nah. Sie stolperten über einen Schneehaufen. Jody wäre fast gestürzt, und Caroline zog ihn am Ärmel wieder hoch.

«Keine Angst, wir sind auf einer Wiese oder so, wahrscheinlich gehört sie zu einem Garten.»

«Komm», sagte Jody. Mehr brachte er nicht heraus.

Jetzt nahm das Licht Gestalt an; es drang aus einem Fenster im ersten Stock durch die offenen Vorhänge. Sie stapften über eine freie Fläche auf das Haus zu. Dunkel ragte es vor ihnen auf; die Konturen waren zwar vom Schnee verwischt, aber inzwischen erkannte man noch weitere Lichter, die im Erdgeschoss durch schwere Vorhänge schwach nach außen schimmerten.

«Es ist riesig», flüsterte Jody.

Das war es allerdings. «Umso mehr Platz für uns», sagte Caroline, war sich aber nicht sicher, ob Jody das gehört hatte.

Sie ließ seine Hand los und kramte mit steif gefrorenen Fingern in ihrer Jacke nach der Taschenlampe. Der schwache Schein fiel auf eine verschneite Steintreppe, die in die schwarzen Tiefen einer Veranda hinaufführte. Sie stiegen hinauf, und mit einem Schlag waren sie aus dem Schneegestöber heraus. Der Strahl der Taschenlampe wanderte über die Haustür und blieb an einem schmiedeeisernen Klingelzug hängen. Caroline stellte ihre Tasche ab und zog daran. Er ging steif und schwer und bewirkte offensichtlich nicht das Geringste. Sie probierte es noch einmal, mit etwas mehr Kraft, und diesmal klingelte es, hohl und fern, irgendwo im hinteren Teil des Hauses.

«Jedenfalls geht sie.» Sie drehte sich zu Jody um und streifte dabei unabsichtlich mit dem Lichtkegel Jodys Gesicht. Er war grau vor Kälte, die Haare klebten ihm am Kopf, und er klapperte erbärmlich mit den Zähnen. Sie machte die Lampe aus, legte ihm den Arm um die Schultern und zog ihn an sich. «Jetzt wird alles wieder gut.»

«Hoffentlich», sagte Jody kläglich. «Nicht dass so ein grässlicher Butler kommt – ‹Sir, Sie haben geklingelt?› – wie in den Horrorfilmen immer.»

Das hoffte Caroline auch. Sie wollte gerade ein zweites Mal läuten, als sie Schritte hörte. Ein Hund bellte, und eine tiefe Stimme befahl ihm, ruhig zu sein. Lichter flammten in den schmalen Fenstern zu beiden Seiten der Tür auf, die Schritte kamen näher, und dann öffnete die Tür sich mit einem Ruck, und ein Mann mit einem hechelnden Labrador an der Seite stand vor ihnen.

«Sei ruhig, Lisa», sagte er zu dem Hund. Und dann: «Ja, bitte?»

Caroline machte den Mund auf, aber es wollte ihr nichts einfallen. Sie stand einfach da, einen Arm um Jody, und vielleicht war das das Beste, was sie machen konnte, denn ohne ein weiteres Wort wurde ihre Tasche hochgehoben, sie wurden beide ins Haus gezogen, und dann fiel die schwere Tür ins Schloss, und die Sturmnacht blieb draußen.

Der Albtraum war vorbei. Sie spürten die Wärme des Hauses. Sie waren in Sicherheit.

Heiligabend

❄

n diesem unbeständigen nördlichen Klima wachte man jeden Morgen ohne die geringste Vorstellung auf, was die Elemente heute über einen verhängen würden; aber der heutige Tag schien so erstaunlich rein und milde, als wollte er den Frühling vorwegnehmen. Das Tauwetter hatte den Schnee auf den Straßen und Feldern geschmolzen. Nur die Berge, deren Gipfel im Licht der tief stehenden Sonne glitzerten, die vom wolkenlosen Himmel niederströmte, trugen noch ihren Wintermantel. Eine Sonne, der es bei der völligen Windstille sogar gelang, eine wohlige Wärme auszustrahlen. Vögel sangen in den entlaubten Bäumen, und im Garten des *Estate House* blinzelten unter dem Fliederbusch sogar ein paar frühe Schneeglöckchen aus dem rauen, ungemähten Gras.

In Rose Millers Garten auf Corrydale stand ein bis zum Rand mit Vogelfutter, Brotkrümeln und -kanten gefülltes Vogelhäuschen, an dem ein Beutel mit Nüssen hing. Tauben und Stare zankten sich scharenweise um das Futter, während Meisen und Rotkehlchen nach den Nüssen und den Fettstückchen pickten, die Rose an einem Faden aufgehängt hatte. Sie flatterten unruhig auf und nieder und suchten dann in einem nahen

Rotdornbusch Zuflucht, dessen dünne Zweige vom Hüpfen und Flügelschlagen des gefiederten Völkchens erzitterten.

Da der Tag schön und die Straßen wieder frei waren, hatten Elfrida und Oscar sich auf eigene Faust in Oscars Auto nach Corrydale aufgemacht. Die anderen, Carrie, Sam, Lucy und Rory Kennedy, wollten später nachkommen, weil Carrie damit rechnete, ihre Schwester in Florida nicht vor Mittag telefonisch erreichen zu können. Mit Dodie Sutton, die in ihrem Hotelzimmer in Bournemouth saß, hatte sie bereits gesprochen, und das Gespräch war reibungsloser verlaufen, als sie alle zu hoffen gewagt hatten. Man hatte Dodie anscheinend die Erleichterung angehört, dass sie die ausschließliche Verantwortung für Lucy abgeben konnte, und sie hatte sogar ein paar anerkennende Worte über Elfridas Freundlichkeit und Gastfreundschaft verloren, wobei sie bequemerweise vergaß, dass es eine Zeit gab, wo sie an der ordinären, theatralischen Cousine ihres Exmannes kein gutes Haar gelassen hatte.

«Oscar hat die Absicht, dich in Bournemouth zu besuchen», hatte Carrie versprochen. «Er würde dich gern treffen und die ganze Sache mit dir besprechen, wenn es dir recht ist.» Und Dodie hatte auch gegen diesen Vorschlag keine Einwände erhoben und sogar gesagt, sie würde ihn mit Vergnügen zum Nachmittagskaffee im Foyer des *Palace Hotel* einladen.

Nun musste man sich nur noch mit Nicola auseinander setzen, sie über die vorläufigen Pläne für ihre Tochter informieren, ihr gut zureden und ihr so unaufdringlich wie möglich ihre Zustimmung abringen. Elfrida hörte zu, wie Carrie mit Engelszungen auf Dodie einredete, und traute ihr nach diesem Gespräch ohne weiteres zu, auch Nicola um den Finger zu wickeln.

Einwände würde Nicola höchstens zum Schein vorbringen, denn das Wohlergehen anderer war ihr völlig gleichgültig, solange ihr eigenes Leben angstfrei und reibungslos verlief.

Carrie hatte sich auch bereit erklärt, das Picknick zusammenzustellen und mitzubringen. Als Elfrida anfing, von heißer Suppe und Schinkenbrötchen zu reden, hatten Carrie und Sam sie aus der Küche gescheucht und mit Oscar zusammen auf den Weg geschickt, sodass die beiden sich nun unbeschwert und aller Verantwortung enthoben fühlten.

Jetzt saß Elfrida an Rose Millers Wohnzimmerfenster und beobachtete die Vögel draußen. In Roses Garten waren außer ein paar welken Rosenkohlstauden keine Blumen und kein Gemüse zu sehen, aber die Beete waren bereits frisch umgegraben und geharkt – fertig zur Frühjahrsbepflanzung. Der Garten bestand aus einem langen, schmalen Stück Land, das sich am Abhang des Hügels entlangzog. An seinem Fuß standen ein Holzzaun und ein paar knorrige Buchen, und dahinter lagen die bis zum blauen Meeresarm reichenden Wiesen von Corrydale und die Berge am jenseitigen Ufer. Elfrida nahm diese Aussicht mit besonderem Interesse zur Kenntnis, denn sie wusste, dass der Blick von Major Billicliffes Haus ganz ähnlich sein musste. Bei der heutigen klaren Winterluft, den scharfen, prächtigen Farben und dem Filigran aus schwarzem Gezweig konnte sie sich keinen schöneren Ausblick vorstellen.

Hinter ihr saßen Oscar und Rose zu beiden Seiten des Kamins, in dem ein kunstvoll errichtetes Torffeuer brannte, und tranken frisch gebrühten Kaffee. Rose führte das Gespräch. Seit Oscars und Elfridas pünktlichem Eintreffen um halb zwölf hatte ihr Mundwerk nicht still gestanden.

«... natürlich hat der arme Mann das Haus furchtbar verkommen lassen. Betty Cowper ... sie ist die Frau vom Traktorfahrer ... hat sich nach dem Tod seiner Frau ja, so gut es ging, um ihn gekümmert, aber sie hat schließlich auch drei Kinder und einen Mann, für die sie sorgen muss, und fand, es war die reinste Sisyphusarbeit. Als wir hörten, dass er verschieden war, sind wir beide rübergegangen und haben im Haus recht und schlecht Ordnung geschaffen. Seine ganze Kleidung war in furchtbarem Zustand, und das meiste war reif fürs Feuer, aber ein paar Sachen waren dabei, die man in die Altkleidersammlung geben kann, und die haben wir in Koffer gepackt. Viel Wertvolles hat er ja nicht besessen, aber Vasen, Nippes und Sachen wie Bücher und so was haben wir gar nicht angerührt, du kannst selber sehen, was du damit anfangen willst.»

«Das ist sehr nett von dir, Rose.»

«Betty hat das Haus einmal anständig sauber gemacht, den Küchenfußboden geschrubbt und auch das Badezimmer, das entsetzlich aussah. Die reinste Katastrophe. Der arme, einsame Mann. Traurig, wenn man denkt, dass er ganz allein gestorben ist, ohne Familie. Hast du gesagt, die Beerdigung ist voraussichtlich Ende der Woche? Sag mir Bescheid. Ich möchte gerne dabei sein.»

«Natürlich ... und es wird eine Feuerbestattung. Wir nehmen dich im Auto nach Inverness mit.»

«Es war nicht seine Schuld, dass das kleine Häuschen so heruntergekommen ist. Du wirst sicher ein paar Änderungen vornehmen wollen, aber pass auf, wenn du die Maurer ins Haus holst, die reißen dir die Bude ein und machen schrecklich viel Dreck.»

«Wir haben noch nicht endgültig entschieden, ob wir überhaupt hier wohnen wollen», sagte Oscar.

«Was spricht denn dagegen?» Rose klang geradezu verstimmt. «Wenn Major Billicliffe nicht gedacht hätte, dass du hier wohnen willst, hätte er dir das Haus gar nicht erst hinterlassen. Denk doch nur, die einmalige Chance, nach all den Jahren hierher zurückzukommen und auf Corrydale zu wohnen.»

«Vielleicht ist es nicht groß genug, Rose. Denn vielleicht zieht noch jemand Junges bei uns ein.»

Rose brach in ein unerwartet herzhaftes Gelächter aus. «Erzähl mir bloß nicht, dass ihr was Kleines erwartet.»

Oscar ließ sich durch diese abenteuerliche Vermutung nicht aus der Fassung bringen. «Nein, Rose, das nicht. Aber du erinnerst dich, wie ich dir erzählt habe, dass wir zu Weihnachten Besuch erwarten. Lucy ist vierzehn, ihre Mutter hat in Amerika gerade wieder geheiratet, und statt sie nach London zurückzuschicken, wollen Elfrida und ich sie eine Weile bei uns behalten und in Creagan zur Schule schicken.»

«Aber das ist ja wunderbar! Wird auch höchste Zeit, dass bei uns junges Volk dazukommt. Sie kann sich mit Betty Cowpers Kindern anfreunden. Die sind zwar ein bisschen jünger, aber eine sehr muntere Bande. Und für Kinder ist Corrydale das reinste Paradies. Sie haben das ganze Gelände für sich und können mit dem Fahrrad fahren, ohne Angst haben zu müssen, von einem riesigen Lastwagen ins Jenseits befördert zu werden.»

Elfrida wandte sich von dem Vogelhäuschen ab und gesellte sich zu Oscar und Rose. Sie nahm in einem antiken Sessel mit verstellbarer Rückenlehne Platz und schenkte sich eine Tasse Kaffee ein.

«Vielleicht könnten wir Major Billicliffes Haus etwas vergrößern. Ein Zimmer anbauen oder so etwas. Wir müssen mal sehen.»

«Dazu braucht ihr aber eine Baugenehmigung», warnte Rose mit Kennermiene. Denn dank jahrelanger Erfahrung kannte sie sich mit den örtlichen Behörden aus. «Tom Cowper hat ohne Genehmigung ein Treibhaus errichtet, und um ein Haar hätte er es wieder abreißen müssen. Wo ist das kleine Mädchen denn jetzt?»

Elfrida erklärte es ihr. «Sie kommen nach. Lucy und ihre Tante Carrie, eine Cousine von mir. Und Rory Kennedy. Außerdem noch Sam Howard, ein überraschender Hausgast. Er tauchte eines Abends im *Estate House* auf, und der Schnee hat ihn festgehalten bei uns. Konnte nicht nach Inverness zurück.»

«Und wer ist er?»

«Der zukünftige Direktor von McTaggarts in Buckly.»

«Du meine Güte! Das wird ja eine vornehme Gesellschaft bei euch. Als Oscar anrief, um mir zu sagen, dass ihr heute kommt und ein Picknick machen wollt, hab ich den Schlüssel von Betty geholt und bin rübergegangen und habe ein klitzekleines Feuer im Kamin gelegt, falls euch kalt werden sollte. Aber an einem Tag wie heute könnt ihr ein Picknick im Garten veranstalten. Als ob der liebe Gott ihn euch von seiner besten Seite zeigen wollte.»

«Ja», sagte Elfrida. «So sieht es fast aus.»

Rose war alt und ein bisschen verhutzelt, aber munter wie ein Fisch im Wasser. Sie trug einen Tweedrock, eine Bluse mit einer Brosche am Kragen und eine blaue wollene Strickjacke darüber, und ihre strahlenden, dunklen Augen konnten anscheinend noch ganz ohne Brille fertig werden. Ihr dünnes weißes Haar war glatt aus der Stirn gekämmt und in einem Dutt zusammengenommen; das einzige sichtbare Zeichen des Alters waren ihre Hände, die abgearbeitet waren und arthritische Knoten hatten. Ihr Haus sah genauso sauber, farbenfroh und zuversichtlich aus wie sie selbst: Auf blank polierten Tischen standen Nippesfiguren, Erinnerungsstücke und Fotos, und über dem Kamin hing eine vergrößerte Fotografie von Roses Neffen in Matrosenuniform, der im Zweiten Weltkrieg beim Untergang der *Ark Royal* ertrunken war. Rose hatte nie geheiratet. Sie hatte ihr ganzes Leben Mrs. McLennan und dem Gutshaus auf Corrydale gewidmet. Aber sie weinte dem keine Träne nach und hatte auch die Tatsache, dass aus dem Haus ein Hotel geworden war und es nicht mehr der Familie gehörte, ziemlich ungerührt hingenommen.

«Und was habt ihr morgen vor?», wollte sie wissen.

Elfrida lachte: «Ich bin nicht sicher. Geschenke aufmachen, nehme ich an. Der Weihnachtsbaum steht im Esszimmer. Und abends veranstalten wir ein großes Weihnachtsdinner.»

«Ach, ein Weihnachtsdinner! Ich erinnere mich an die Weihnachtsdinner damals auf Corrydale, mit der ausgezogenen langen Tafel und all den Spitzendecken und Kerzenleuchtern. Es war immer ein richtiges Familienfest, mit Freunden, Vettern und Cousinen und allen Verwandten, und alle hatten sich in Schale geworfen, in Smoking und Abendkleid. Und Heiligabend war ganz ähnlich. Alles sehr förmlich. Und nach der Party stieg die ganze Gesellschaft in die Autos und fuhr nach

Creagan zum Mitternachtsgottesdienst – und für das Personal und alle, die mitwollten, stand auch ein Auto bereit. Und was für Aufsehen sie erregt haben, wenn sie die Kirche betraten und durchs Mittelschiff schritten, alle in großer Toilette und vorneweg Mrs. McLennan im langen, schwarzen Taftkleid und einem Nerzmantel, der wie eine Schleppe bis auf den Boden reichte. Das gefiel den Leuten. So elegant und festlich. Und die Herren in vornehmer Abendkleidung und schwarzen Fliegen. Du wirst dich daran nicht erinnern, Oscar.»

«Nein, ich war über Weihnachten nie auf Corrydale.»

«Als Hughie kam, war es mit den alten Traditionen aus und vorbei. Ich glaube nicht, dass er jemals zur Kirche gegangen ist, nicht mal am Heiligabend. Wirklich traurig, wenn man bedenkt, dass ausgerechnet ein so ungehobelter Klotz das Haus übernehmen musste, dem alles wie Sand durch die Finger rann.» Sie schüttelte den Kopf und seufzte über die Sünden des armen Hughie. «Aber das ist nun alles lange her. Und du, Oscar? Gehst du zum Mitternachtsgottesdienst? Ein Auto brauchst du ja nicht. Du brauchst nur über die Straße zu gehen.»

Elfrida vermied Oscars Blick. Sie hatte ihren Kaffee ausgetrunken und stellte Tasse und Untertasse auf das Tischchen neben ihrem Sessel.

«Nein, Rose. Ich gehe nicht. Aber vielleicht gehen die andern …»

Ach, Oscar, dachte Elfrida traurig.

Aber sie sagte nichts. Seine Eigenbrötelei, seine Zurückgezogenheit waren sein Problem, und er musste allein damit fertig werden.

Es kam ihr ein bisschen so vor, als ob er mit einem alten Freund einen Streit, ein Zerwürfnis gehabt hätte. Als seien Worte gefallen, die man nicht ungesagt machen konnte, und bis einer von beiden die Hand zur Freundschaft ausstreckte, würde die Feindschaft weiter bestehen. Vielleicht nächstes Jahr, tröstete sie sich. Weitere zwölf Monate, und er würde sich stark genug fühlen, um auch diese letzte Hürde zu nehmen.

«*Ich* gehe auf jeden Fall», sagte sie. «Die Kirche ist abends so hübsch, und für uns ist es, wie gesagt, nur ein Katzensprung. Die andern können machen, was sie wollen, aber ich glaube, Lucy wird mitkommen wollen, und vielleicht auch Carrie. Und Sie, Rose? Kommen Sie auch?»

«Um nichts in der Welt würde ich darauf verzichten. Mein Neffe Charles hat mir versprochen, mich abzuholen und nach Creagan zu fahren.»

«Dann treffen wir uns dort.»

Oscar fiel etwas ein. Vielleicht wollte er auch nur das Thema wechseln. «Rose, Major Billicliffe hat mir noch etwas hinterlassen, und zwar etwas, worauf ich nicht unbedingt versessen bin. Den Hund.»

«Er hat dir den Hund hinterlassen? Brandy?»

«Ich fürchte, ja.»

«Und du willst ihn nicht behalten.»

«Nein. Eigentlich nicht.»

«Dann wird Charlie ihn behalten. Er hat den alten Köter gern. Er leistet ihm Gesellschaft, wenn er im Schuppen arbeitet. Und seine Kinder wären todtraurig, wenn er sie verließe.»

«Bist du sicher? Sollten wir Charlie nicht lieber erst fragen?»

«*Ich* spreche mit Charlie», erklärte Rose auf eine Art, die nichts Gutes für Charlie versprach, falls er mit ihrem Plan nicht einverstanden sein sollte. «Er wird den Hund schon behalten. Wie wär's mit einer zweiten Tasse Kaffee?»

Doch es wurde Zeit, sich zu verabschieden. Und so standen sie alle auf, und Rose nahm den Schlüssel aus der alten, geblümten Teekanne, die auf dem Kaminsims stand, und gab ihn Oscar. Dann begleitete sie die beiden zur Haustür. «Warum lässt du dein Auto nicht hier und gehst zu Fuß zu Major Billicliffes Haus? Es sind nur ein paar Schritte von hier, und viel Platz zum Parken gibt es da nicht.»

«Ist es dir nicht im Weg?»

«Warum sollte es mir wohl im Weg sein?»

Sie folgten also ihrem Vorschlag und öffneten nur die Autotür, um Horaz herauszulassen, den sie eingesperrt hatten, damit er nicht Kaninchen jagte, einen Fasan aufscheuchte oder sich sonst irgendwie danebenbenahm. Er sprang leichtfüßig heraus und musste sofort alles begeistert beschnuppern.

«Für einen Hund», bemerkte Elfrida, «ist dies sicher genauso, als wenn unsereiner auf die Parfümabteilung bei Harrods losgelassen wird.»

Hoch oben krächzten die Saatkrähen in den nackten Zweigen, und als Elfrida hinaufblickte, sah sie, wie eine viermotorige Passagiermaschine einen weißen, wie mit dem Lineal gezogenen Kondensstreifen am blauen Himmel hinter sich herzog. Er war so weit entfernt, dass sie das Flugzeug kaum sehen konnte, nur den weißen Streifen. Es flog nach Nordwesten und kam anscheinend von Amsterdam.

«Hast du je darüber nachgedacht, Oscar, dass in dem winzigen Punkt da oben Leute sitzen, Erdnüsse essen, Zeitschriften lesen und Gin Tonic bestellen?»

«Nein, daran habe ich nie gedacht.»

«Wohin sie wohl fliegen?»

«Nach Kalifornien? Über den Nordpol?»

«Weihnachten über dem Nordpol. Ich bin froh, dass wir nicht zu Weihnachten nach Kalifornien geflogen sind.»

«Wirklich?»

«Ich gehe lieber zu einem Picknick in Major Billicliffes Haus. Wir müssen einen neuen Namen dafür finden. Nun, wo der Major tot ist, können wir es nicht einfach immer weiter Major Billicliffes Haus nennen.»

«Früher war es das Försterhaus. Aber nach und nach wird es sicher einfach Oscar Blundells Haus heißen. Und das ist auch nur recht und billig.»

«Alles, was du sagst, ist recht und billig, Oscar.»

Ein paar Augenblicke später hatten sie die hundert Meter zwischen den beiden Häusern zurückgelegt und standen am offenen Tor, das zu Oscars neuem Besitz führte. Er war ein Zwilling von Roses Haus, wenn auch bei weitem nicht so ansprechend, und das vor der Haustür stehende verrostete Auto machte den ersten Eindruck auch nicht erfreulicher. Mit Oscar an ihrer Seite konnte Elfrida nicht umhin, sich noch einmal an den finsteren ersten Abend zu erinnern, als sie, erschöpft von ihrer langen Reise, endlich Major Billicliffes Haus ausfindig gemacht hatten, um den Schlüssel für das *Estate House* abzuholen. In der Zwischenzeit hatte sich so viel ereignet, dass es ihr vorkam, als seien Jahre seitdem vergangen.

Sie gingen die kiesbestreute Auffahrt entlang, die unter ihren Schuhsohlen knirschte, und dann steckte Oscar den Schlüssel ins Schloss, drehte ihn herum und bewegte gleichzeitig den Messingtürknopf. Die Tür öffnete sich nach innen, und mit angehaltenem Atem folgte Elfrida ihm durch den Flur in das kleine Wohnzimmer.

Das Haus fühlte sich eiskalt und ein bisschen feucht an, aber längst nicht so schlimm, wie Elfrida befürchtet hatte. Vom rückwärtigen Fenster her flutete Sonnenschein ins Zimmer. Und Betty Cowper und Rose hatten gemeinsam so gründlich geschrubbt, gereinigt, Aschenbecher ausgeleert, Teppiche geklopft und Fußböden gescheuert, dass der Geruch von Kernseife und Reinigungsmitteln noch in der Luft lag. Der Rolldeckel des Sekretärs war geschlossen, und der kleine Wagen, den Major Billicliffe seine Bar genannt hatte, war von alten Flaschen und benutzten Gläsern befreit. Sogar die schäbigen Baumwollgardinen waren gewaschen und gebügelt, im Kamin lagen Papier und Kleinholz, das nur darauf wartete, angezündet zu werden, und auf dem Läufer davor standen ein mit Kohle gefüllter Messingeimer und ein Berg trockener Holzscheite.

«Alles der Reihe nach», meinte Oscar, zog seine Jacke aus und kniete sich vor dem Kamin nieder, um das Streichholz ans Papier zu halten und die Zweige zum Knistern zu bringen. Die Tür an der Rückseite, gegen die sich damals der arme, frustrierte Brandy heulend geworfen hatte, was Elfrida zu Tode geängstigt hatte, stand offen. Mit vorsichtigen Schritten ging Elfrida jetzt hindurch und fand sich in einer eiskalten, kümmerlichen kleinen Küche, die aus porösem Betonstein gebaut war und primitive Metallfensterrahmen hatte. Ein steinerner Ausguss, ein hölzernes Geschirrbrett, ein winziger Kühlschrank und ein Gasherd befanden sich darin. Auf dem schmalen Küchentisch lag eine Wachstuchdecke, und den Fußboden bedeckte abgetretenes Linoleum. Viel mehr gab es nicht. Eine zur Hälfte verglaste Tür zur Linken führte auf einen kleinen gepflasterten Platz hinaus, wo ein kaputter Schubkarren, eine Forke und ein ausgetrockneter Blumentopf mit toten Geranien standen. Nirgendwo Spuren eines Boilers oder irgendeines Heizgeräts, und alles strahlte Grabeskälte aus.

Sie ging zu Oscar zurück und sah zu, wie er Kohlen aufs Feuer tat und behutsam ein oder zwei Holzscheite darüber legte. «Wie hat sich Major Billicliffe in diesem Eisschrank bloß warm gehalten?»

«Wahrscheinlich gar nicht. Keine Ahnung. Wir werden es schon noch herauskriegen.» Er richtete sich auf und wischte sich die Hände am Hosenboden seiner Kordhose ab. «Komm. Sehen wir uns mal um.»

Aber dazu brauchten sie nicht lange. Sie gingen durch den schmalen Flur in den zweiten Raum, Major Billicliffes Esszimmer, wo die synthetischen Oberhemden des alten Mannes damals zum Trocknen über den Stuhllehnen gehangen hatten. Aber auch hier hatten Betty und Rose Ordnung geschaffen, und alles war sauber und aufgeräumt. Die Kartons und die Stapel von alten Zeitungen waren verschwunden, und vier Stühle standen ordentlich um den frisch polierten Tisch.

Von diesem Zimmer führte eine sehr steile, schmale Treppe ins obere Stockwerk, und sie stiegen hinauf, um die beiden

Schlafzimmer zu besichtigen. In Major Billicliffes Zimmer erinnerten nur noch ein paar uralte, fest verschlossene Lederkoffer an den früheren Besitzer. Sie waren, wie Elfrida vermutete, mit Major Billicliffes noch brauchbaren Kleidungsstücken voll gepackt. Das Bett war mit einem sauberen baumwollenen Überwurf bedeckt, und die ausgefransten Bettvorleger aus Weblumpen waren frisch gewaschen.

«Wir könnten morgen einziehen», meinte Elfrida. Fügte allerdings, falls Oscar sie beim Wort nehmen sollte, schnellstens hinzu: «Wenn wir wollten.»

«Mein liebes Kind, ich glaube, das wollen wir nicht.»

Das zweite Schlafzimmer war kleiner und das Badezimmer, obwohl etwas weniger katastrophal, als Rose vorhergesagt hatte, äußerst spartanisch und nicht gerade dazu angetan, einem ausgiebige Bäder in duftgeschwängertem Wasser nahe zu legen. Die auf Füßen stehende Badewanne wies Wasser- und Rostflecken auf, das Waschbecken hatte einen Sprung, und das Linoleum begann sich in den Ecken hochzubiegen. Über einer hölzernen Stange hing ein sauberes, fadenscheiniges Handtuch, und auf dem Waschbeckenrand lag ein Stück Kernseife.

Wie bei der Küche war das Schönste am Badezimmer der Blick. Mit einiger Anstrengung gelang es Elfrida, das Fenster zu öffnen, sodass sie sich hinauslehnen konnte. Es war ganz still und friedlich, nur die leichte Bewegung der Bäume war zu hören, wie ein Flüstern in einer geheimnisvollen, kaum spürbaren Brise. Und dann flogen zwei Brachvögel in Richtung Wasser vorbei und stießen ihre traurigen, einsamen Schreie aus. Der Garten unter ihr sah vernachlässigt und ziemlich verwildert aus. Ungepflegter Rasen, Büschel von Unkraut, zwei verrostete

Wäschestangen, zwischen denen traurig eine Wäscheleine hing. Anscheinend war jahrelang nichts daran getan worden. Trotzdem fühlte Elfrida sich dadurch weder niedergeschlagen noch entmutigt. Den Blick, den sie schon von Roses Fenster bewundert hatte, gab es auch hier: die sanft abfallenden Felder, das strahlende Blau des Wassers und in der Ferne die Berge. Und es kam ihr vor, als ob das Haus, das nicht gerade von glücklichen Erinnerungen erfüllt war, doch irgendwie anheimelnd wirkte. Es war zwar vernachlässigt, aber Hopfen und Malz waren nicht verloren. Genau wie ein Mensch brauchte es einfach ein bisschen Heiterkeit und liebende Zuwendung, dann würde es bald wieder zu neuem Leben erwachen. Nur eins war unumgänglich: Sie mussten etwas gegen die Kälte tun.

Hinter ihr sagte Oscar: «Ich gehe mal nach draußen, um mein Herrschaftsgebiet zu besichtigen.»

«Tu das. Du wirst platzen vor Stolz, wenn du das Unkraut siehst.»

Elfrida hörte ihn die Treppe hinuntergehen und nach Horaz pfeifen. Sie wartete, bis er mit dem Hund aus der Küchentür trat und unter ihr erschien. Dann sah sie ihm zu, wie er, aus ihrer Perspektive verkürzt, in der Sonne stand, sich ausgiebig umsah und sich schließlich mit Horaz im Schlepptau auf den Weg machte, um sein ganzes Grundstück abzuschreiten. Als er zu dem verfallenen Zaun kam, der das Ende markierte, stützte er einen Ellbogen auf einen der Pfosten und beobachtete die Wasservögel am Ufer des Meeresarms. Ich muss ihm ein Fernglas kaufen, dachte Elfrida. Und sie dachte auch, dass er glücklich und zufrieden mit sich aussah. Wie ein Landbewohner, der endlich in seine Heimat zurückgekehrt war.

Lächelnd schloss sie das Fenster, verließ das Badezimmer und ging über den schmalen Flur zu einer kurzen Inspektion in das kleinere Schlafzimmer zurück, in dem Lucy wohnen würde. Musternd blickte sie sich um und überlegte, ob wohl genug Platz für einen Schreibtisch für Lucys Hausaufgaben darin war. Wenn man das riesige Doppelbett aus dunkel gebeizter Eiche gegen eine schmale Liege austauschte, mochte es gehen. Nur ging das Zimmer nach Norden und war daher ein bisschen düster. Vielleicht ließ sich nach Westen hin etwas machen …

Sie hörte die Geräusche eines näher kommenden Autos, und als sie ans Fenster trat, sah sie Sams Landrover von der Straße her die Auffahrt entlanghoppeln und mit Schwung vor dem offenen Tor halten. Die hintere Wagentür öffnete sich, und Lucy sprang heraus.

«Elfrida!» Sie klang vergnügt. Als sei zum ersten Mal in ihrem Leben alles im Lot. Elfrida überkam ein so irrsinniges Gefühl von Glück und Zukunftsfreude, dass sie aus dem Zimmer lief, die schmale Treppe hinunterrannte, die Haustür aufriss und weit die Arme ausbreitete. Und Lucy warf sich ihr entgegen, sodass Elfrida sie kräftig ans Herz drücken konnte. Bevor sie ein Wort herausbrachte, rief Lucy: «O Elfrida, es ist alles in Ordnung. Carrie hat Mami erwischt, und sie war total überrascht und musste sich alles zweimal erklären lassen, bis sie endlich kapierte, was wir vorhaben. Und Carrie hat sich den Mund fusselig geredet und Nicola erzählt, dass sie jetzt nur an sich selbst und Randall denken darf, und sie soll ihre Flitterwochen genießen und sich mit der Rückkehr nach England Zeit lassen. Und Mami hat gesagt, sie wollen die Flitterwochen in Hawaii verbringen und dann nach Cleveland fliegen, wo Randall noch ein Haus hat, und sie braucht sowieso massenhaft Zeit. Und sie hat auch gesagt, wie unheimlich nett es von dir ist, dass du mich hier behalten willst, und ich kann bei dir bleiben.»

Bei aller Erleichterung und Begeisterung konnte Elfrida doch nicht umhin, an die praktische Seite zu denken. «Und was wird mit der Schule?»

«Ach, darum kümmert Mami sich auch. Sie will Miss Maxwell-Brown anrufen und ihr alles erklären und sie bitten, mir für nächsten Sommer einen Platz freizuhalten, falls ich zurückgehen will. Und sie wollte auch mit dir sprechen, aber Carrie hat gesagt, du bist hier oben, und da hat Mami gesagt, sie ruft dich später an. Elfrida, ist dies nicht ein märchenhaftes Haus? Was macht das alte Auto denn da?»

«Es rostet.»

«Und wo ist dein Auto?»

«Bei Rose.»

«Wir dachten, du hättest es vielleicht bei einem Händler verhökert und dir dies dafür gekauft.»

«Du willst mich wohl auf den Arm nehmen.»

«Fährt es noch?»

«Weiß ich nicht.»

«Rory kriegt es bestimmt wieder in Gang. Oh, und Elfrida, er hat einen Brief gekriegt. Er fliegt Mitte des Monats nach Nepal. Ist das nicht toll? Leider ist er dann nicht hier, wenn ich hier bin, aber im August kommt er zum Wintersemester wieder zurück. Elfrida, ist dies das Wohnzimmer? Und guck mal, ihr habt sogar ein Feuer angemacht! Schon richtig gemütlich. Wo ist denn Oscar?»

«Draußen im Garten.»

«Und wie kommt man da hin?»

«Durch die Küche und dann durch die Hintertür raus.»

Im Nu war Lucy draußen, lief durch den Garten und rief Oscars Namen. Dann tauchte auch Carrie auf und kam mit einem riesigen Einkaufskorb, aus dem Thermosbehälter und Flaschen ragten, ins Haus gewankt.

«Da sind wir endlich. Ich hoffe, wir haben euch nicht zu lange warten lassen.» Sie stellte den Korb auf den Boden, richtete sich auf und reckte als Siegeszeichen die geballte Faust in die Luft. «Geschafft», sagte sie zu Elfrida. «Ich habe Nicola erreicht, ihr ordentlich Honig um den Bart geschmiert, und nun ist alles o. k. Die elterliche Zustimmung ist gewährt. Lucy kann bleiben und in Creagan zur Schule gehen, und Nicola sagt, sie meldet sich wieder, denn sie ist bereit, zu Lucys Kost und Logis beizutragen.»

«Damit hatte ich gar nicht gerechnet.»

«Das kann ich mir denken. Außerdem will sie dich mit ihrer Anwesenheit beehren, wenn sie das nächste Mal nach England kommt. Ich nehme an, das bedeutet, sie wird in einem sagenhaften Schlitten mit Randall Fisher am Steuer bei euch vorfahren, um mit ihrem neu erworbenen Reichtum zu protzen und ein kritisches Auge auf dich und Oscar zu werfen.»

«Carrie, sei nicht so gemein.»

«Und wahrscheinlich wird sie alles besser wissen.»

«Das macht nichts. Wir werden uns schon zu behaupten wissen. Ach, das hast du gut gemacht, Carrie.» Sie feierten ihren Triumph mit einer herzlichen Umarmung. Dann trat Carrie einen Schritt zurück und machte ein ernstes Gesicht. «Elfrida, versprich mir, dass du dich nicht übernimmst.»

Elfrida schüttelte den Kopf. «Wieso sollte ich mich übernehmen?»

«Du bürdest dir allerlei auf.»

«Das will ich gar nicht gehört haben.»

«Wie ist das Haus?»

«Kalt. Deshalb haben wir den Kamin angemacht.»

«Kann ich mich mal umsehen?»

«Natürlich.»

«Dies ist also die Küche.»

«Ist die nicht abscheulich?»

«Aber sonnig, Elfrida. Sieh mal an, da ist ja Oscar.» Auch sie verschwand durch die Hintertür in den Garten. «Oscar!»

Elfrida hob den Korb auf, schleppte ihn in die Küche und hievte ihn mit Schwung auf den Tisch. Während sie noch mit dem Auspacken beschäftigt war, gesellte sich Sam zu ihr, der einen Karton mit Lebensmitteln vor sich hertrug.

«Ist das alles für das Picknick?», fragte Elfrida einigermaßen ungläubig.

«Eine Schlemmerei. Wo soll ich den Karton hinstellen?»

«Hier, neben den Korb. Wo ist Rory?»

«Der macht sich schon an Major Billicliffes Auto zu schaffen. Die Karre ist der reinste Schandfleck da draußen. Haben Sie den Zündschlüssel?»

«Keine Ahnung.»

«Wir könnten die Bremse lösen und den Wagen aus dem Weg schieben. Sein Anblick tut Ihrem neu erworbenen Grundstück entschieden Abbruch.» Er ging ans Fenster und sah in den Garten hinaus, wo Oscar, Carrie und Lucy im Begriff waren, ins Haus zurückzukehren. «Was für ein fabelhafter

Blick», sagte er. «Dies ist ein schönes Haus, Elfrida. Es macht einen soliden Eindruck.»

Elfrida überkam ein Gefühl des Stolzes, wie eine Mutter, deren Kind ein Kompliment für seine Schönheit erntet. «Das finde ich auch.»

Ihr erstes Picknick auf Corrydale am Heiligabend wurde so etwas wie ein «Picknick auf Achse». Es begann mit einem Glas Wein am Kamin, in der Wärme eines lodernden Kaminfeuers, verlagerte sich aber allmählich nach draußen, denn der Tag war so heiter, dass es fast ein Sakrileg gewesen wäre, drinnen zu bleiben. Rory und Lucy waren die Ersten, die sich in den Garten verzogen, und dann folgte ihnen, einer nach dem anderen, auch die restliche Gesellschaft und machte es sich auf Küchenstühlen, Sofakissen oder dem dicken Plaid, das Rory aus Sams Auto geholt hatte, bequem. Die Luft war zwar kühl, aber die Sonne strahlte auf sie herab, und im Windschatten des Hauses war es angenehm warm.

Carrie und Sam hatten wirklich an alles gedacht: heiße, mit einem Schuss Sherry abgeschmeckte Suppe, die aus Bechern getrunken wurde; frische, dick mit Schinken und Senf belegte Brötchen, eine Quiche Loraine, gebratene Hühnerbeine, Tomatensalat, knackige grüne Äpfel und dicke Happen Cheddarkäse. Schließlich eine Thermosflasche mit frischem, heißem Kaffee, an dem man sich den Mund verbrennen konnte.

Elfrida saß mit dem Rücken gegen die Hauswand gelehnt auf einem Kissen, hatte die Augen geschlossen und streckte ihr Gesicht der Sonne entgegen. «Dies ist das beste Picknick, bei dem ich je war. Vielen Dank, Carrie. Ich bin übrigens von dem Wein ganz beschwipst. Richtig angesäuselt. Ich komme mir vor wie auf Mallorca.»

Oscar lachte. «Dann musst du aber darüber hinwegsehen, dass du in deinen dicken Wintermantel gehüllt bist.»

Als Rory und Lucy ihr Picknick beendet und zusammen noch eine Tüte Kartoffelchips und einen Schokoladenriegel verputzt hatten, waren sie verschwunden, um sich das Haus genauer anzusehen. Nun tauchten sie wieder auf.

«Es ist einfach toll, Oscar», sagte Lucy.

«Nur wegen der Heizung müssen Sie was unternehmen», sagte Rory unverblümt. «Da drinnen herrschen ja arktische Temperaturen.»

Carrie protestierte. «Rory, das Haus hat leer gestanden, und außerdem hat es in der letzten Zeit Stein und Bein gefroren. Wir haben schließlich Dezember. Der ist nicht gerade für seine Wärme bekannt.»

«Nein, nein», sagte Oscar bestimmt. «Rory hat ganz Recht. Die Heizung hat Vorrang vor allem anderen. Wohin wollt ihr beiden denn jetzt?»

«Wir wollten mit Horaz einen Spaziergang zum Wasser und zum Strand runter machen.»

Oscar kippte schnell den letzten Schluck seines Kaffees hinunter. «Ich komme mit.» Er hatte während des Picknicks auf der Stufe vor der Küchentür gesessen. Nun stellte er seinen Becher ab und hielt Rory die Hand hin, damit er ihm auf die Füße half. «Nach der Schlemmerei brauche ich Bewegung. Kommt noch jemand mit?»

«Ich», sagte Carrie.

«Ich nicht», sagte Elfrida bestimmt. «Warum können wir nicht alle noch einen Augenblick sitzen bleiben? Es ist so friedlich hier.»

«Weil es dann im Handumdrehen dunkel und für einen Spaziergang viel zu spät wird. Kommen Sie mit, Sam?»

«Nein, ich bleibe bei Elfrida. Wir wollen das Haus auf Herz und Nieren prüfen.»

Mit Sam Howard einen Rundgang durch Major Billicliffes Haus zu machen war ein ganz anderer Schnack. Mit Oscar war Elfrida einfach von Zimmer zu Zimmer gegangen und zum Schluss dankbar gewesen, dass es weder so beengt noch so heruntergekommen war, wie sie befürchtet hatten. Sam dagegen nahm die Sache, wie zu erwarten, mit der Gründlichkeit und dem Sachverstand eines Fachmanns in Angriff. Er klopfte die Wände ab, drehte die Wasserhähne auf und zu, inspizierte die Fensterrahmen und Steckdosen und sagte nichts, als sie ihm die schrecklichen Betonsteine im Badezimmer zeigte. Als sie ihre Tour schließlich beendet hatten und wieder im Wohnzimmer landeten, war das Feuer inzwischen heruntergebrannt, sodass Elfrida noch ein paar Holzscheite nachlegte und mit dem Feuerhaken in der Glut herumstocherte. Sam hatte sich bisher jeder Stellungnahme enthalten und war die ganze Zeit so einsilbig gewesen, dass sie insgeheim fürchtete, er würde Oscars Erbe in Grund und Boden kritisieren und ihr nun verkünden, dass es seiner Meinung nach unbewohnbar war.

«Also, was meinen Sie, Sam?», fragte sie nervös.

«Ich finde, es lässt sich durchaus was draus machen. Und

die Lage ist einmalig ... einen Augenblick, ich muss nur mal was aus dem Wagen holen. Gibt es elektrischen Strom? Können wir Licht anmachen? Es fängt an, ein bisschen dunkel zu werden ...»

Als er draußen war, knipste sie den Lichtschalter an. Die Deckenlampe verbreitete trübes Licht im Zimmer. War die Glühbirne kurz davor, ihren Geist aufzugeben, oder handelte es sich nur um ein weiteres Beispiel von Major Billicliffes anspruchslosem Lebensstil? Eine Lampe am Kamin, eine weitere auf dem Schreibtisch. Danach sah es schon etwas freundlicher aus. Als Sam zurückkam, sah sie, dass er einen gelben Schreibblock und einen Kugelschreiber mitgebracht hatte.

Sie ließen sich gemeinsam auf dem Sofa nieder. «Also», sagte Sam, holte seine Brille heraus und setzte sie auf. «Da wollen wir mal Nägel mit Köpfen machen. Haben Sie vor, in dem Haus so, wie es ist, zu wohnen, oder wollen Sie irgendwelche Änderungen vornehmen?»

«Das kommt darauf an», sagte Elfrida vorsichtig.

«Worauf?»

«Wie viel es kostet.»

«Angenommen ...» Er fing an, einen Grundriss auf den Block zu zeichnen. «Angenommen, Sie würden zunächst mal die vorhandene Küche und das Badezimmer abreißen. Die sind hässlich und unpraktisch und lassen von der Südseite her kein Licht herein. Und dann, finde ich, sollten Sie die Mauer herausreißen, die die beiden unteren Zimmer teilt ... Sie ist nur aus Presspappe und hat keinerlei Stützfunktion. Dann haben Sie ein großes, offenes Wohnzimmer. Und dann wäre mein Vorschlag, dass Sie das Esszimmer zur Küche machen und vielleicht zur Südseite hin eine kleine Essecke anbauen. Die Süd- und Westwand könnte verglast werden … dann hätten Sie Ausblick und könnten jeden Sonnenstrahl ausnutzen. Und es würde eine geschützte Ecke entstehen, sodass Sie draußen sitzen können. Eine kleine Terrasse. An warmen Sommerabenden sehr angenehm.»

«Was machen wir mit der Treppe?»

«Die wird an die hintere Wand verlegt.»

«Und Kühlschrank, Waschmaschine und so weiter. Was machen wir damit?»

«Die könnten in die neue Küche mit eingebaut werden. Ein Schornstein ist ja vorhanden, Sie könnten sich also einen Aga- oder einen Raeburnherd zulegen. Gleichmäßige Wärme, im Winter wie im Sommer, und wenn Sie eine Hitzewelle heimsuchen sollte, was in diesen Breiten allerdings nicht sehr wahrscheinlich ist, dann sperren Sie einfach alle Türen und Fenster auf.»

«Würde das eine Zentralheizung erübrigen?»

«Ich denke ja. Dies Haus ist so solide aus Stein gebaut, dass es die Wärme hält, wenn es erst einmal warm ist. Außerdem haben Sie den Kamin im Wohnzimmer. Und in die Schlafzimmer könnte man ein paar elektrische Heizkörper stellen und auch einen elektrischen Boiler installieren. Die sind enorm preiswert, und wenn mal der Strom ausfällt, haben Sie immer noch den Aga.»

«Badezimmer?»

«Neu machen.» Er skizzierte einen ungefähren Plan. «Über dem Esszimmer.»

«Lucy müsste es auch benutzen.»

«Kein Problem.»

«Das kleine Schlafzimmer, wo sie untergebracht wird, ist schrecklich düster.»

«Sobald Sie das alte Badezimmer und den Flur los sind, hat sie eine Südwand mit der Möglichkeit für ein weiteres Fenster.»

Elfrida blickte auf all diese simplen, für sie auf dem gelben Block skizzierten Vorschläge und staunte, wie schnell er alle Probleme gelöst hatte. Und besonders gefiel ihr ein einziges großes, offenes Wohnzimmer. Sie stellte sich vor, wie Oscar und sie – genau wie Sam und sie in diesem Augenblick – auf dem Sofa sitzen würden und die Bequemlichkeiten einer modernen Küche in Reichweite hätten.

«Und der Flur?», fragte sie zögernd.

«Weg damit. Er ist nur ein Windfang. Aber Doppelverglasung und eine gut abgedichtete Tür werden die Kälte abhalten.»

Elfrida kaute an ihrem Daumennagel. «Und was wird das alles kosten?»

«Damit bin ich überfragt.»

«Kostet es ... kostet es womöglich mehr als achtzigtausend Pfund?»

Er lachte und verzog amüsiert das Gesicht. «Nein, Elfrida. So viel wird es auf keinen Fall kosten. Sie wollen ja schließlich keinen Neubau hochziehen, sondern nur ausbauen. Das Dach macht einen soliden Eindruck, das ist das Wichtigste. Keine Spur von Feuchtigkeit in den Wänden. Aber ich glaube, Sie sollten einen Bauinspektor hinzuziehen. Und auf jeden Fall die elektrischen Leitungen neu legen lassen. Aber trotzdem, achtzigtausend wäre mehr als genug.» Er nahm die Brille ab und sah sie an. «Haben Sie achtzigtausend?»

«Nein. Aber bald. Jamie Erskine-Earle will meine kleine Uhr für mich verkaufen. Wir haben es Ihnen wohl nie erzählt, aber es ist anscheinend ein sehr seltenes Stück. Mit Sammlerwert. Steckt eine Menge Geld drin. Ich habe ihn gebeten, sie zu verkaufen.»

«Achtzigtausend?»

«Das hat er jedenfalls behauptet. Höchstpreis fünfundachtzigtausend.»

«In dem Fall gibt es überhaupt keine Probleme. Das freut mich aber. Also, ran an den Speck.»

«Wir müssen uns einen Architekten nehmen. Und dann die Bauerlaubnis einholen. Es hängt noch einiges daran.»

«Wie wäre es mit der Frau des Doktors, Jane Sinclair? Sie ist Architektin. Warum übergeben Sie ihr nicht den Job? Der Vorteil wäre, dass sie von hier ist und die besten Baufirmen und Handwerker kennt.»

«Wie lange würde es dauern, bis das Haus bezugsfertig ist?»

«Sechs Monate, nehme ich an. Ich weiß es nicht.»

«Wir müssten so lange im *Estate House* wohnen, bis wir hier einziehen können.»

«Natürlich.»

«Aber, Sam, Sie wollen doch selbst dort einziehen.»

«Ich kann warten. Ich werfe Sie schon nicht auf die Straße.»

«Aber Sie arbeiten in Buckly. Wo wollen Sie denn wohnen?»

«Das kriege ich schon hin.»

Elfrida hatte eine glänzende Idee und brachte sie auf ihre

impulsive Art sofort an den Mann. «Sie können bei uns wohnen. Im *Estate House*. Sie und Lucy und Oscar und ich. Sie haben doch schon ein Zimmer dort. Dann können Sie dort auch gleich wohnen bleiben.»

Sam lachte noch einmal. «Elfrida, über solche Vorschläge sollten Sie erst einmal sorgfältig nachdenken.»

«Warum? Warum sollte ich darüber nachdenken?»

«Weil Sie sich vielleicht anders besinnen. Außerdem müssen Sie die Sache erst mit Oscar besprechen. Vielleicht ist ihm der Gedanke gar nicht lieb.»

«Ach, Oscar sind Sie ein willkommener Hausbewohner. Und mir auch. Eine ganz neue Aufgabe für mich. Zimmer vermieten. Was ich in meinem Leben schon alles gemacht habe … Schauspielerin, wenn auch keine gute. Kellnerin, wenn ich keine Arbeit hatte. Dame mit nicht ganz einwandfreiem Ruf. Kissenstickerin. Und nun werde ich Zimmervermieterin. Bitte, sagen Sie ja. Ich habe das Gefühl, als ob Ihnen das *Estate House* in gewisser Weise schon gehört, obwohl Sie noch gar nicht der Besitzer sind. Als wäre es Ihnen vorherbestimmt. Als gehörten Sie dorthin.»

«Danke», sagte Sam. «Wenn das so ist, nehme ich an – vorausgesetzt, Oscar stimmt zu.»

Die Sonne stand schon bedenklich tief, als die Spaziergänger schließlich zurückkehrten. Oscar und Carrie erschienen mit Horaz, der nach einem kühlenden Trunk lechzte, als Erste.

«Wie war's?», fragte Elfrida und suchte im Küchenschrank nach einem geeigneten Gefäß für den Hund.

«Unbeschreiblich», sagte Carrie, während sie ihren Schal lockerte. «Ein begnadetes Fleckchen Erde. Und all die Vögel unten am Ufer! Enten und Kormorane und Möwen ... und wie seid ihr beide zurechtgekommen?»

«Sam ist Gold wert. Er hat die Pläne fürs Haus praktisch schon fertig. Du musst sie dir ansehen, Oscar. Wir brauchen kaum etwas zu tun. Nur hier etwas wegnehmen und da etwas hinzufügen, die eine oder andere Mauer abreißen und einen Aga auftreiben. Mach den Mund zu, Oscar, es ist alles ein Klacks. Und wir bitten Jane Sinclair, unsere Architektin zu sein. Sam sagt, wir müssten alles gründlich inspizieren und neue elektrische Leitungen legen lassen. Aber er findet, dass das Haus gut in Schuss ist. Komm, sieh dir das an.»

Eine halbe Stunde später gesellten sich auch Rory und Lucy wieder zu ihnen. Inzwischen hatte Oscar sich Sams Vorschläge angesehen, sich überzeugen lassen und seine Zustimmung gegeben. Auch Carrie war einverstanden. «Wisst ihr, ich habe immer etwas für offene Wohnzimmer im Erdgeschoss übrig gehabt, vor allem in kleinen Häusern. Und durch den Umbau käme sehr viel mehr Licht ins Haus. Sam, Sie sind wirklich ein geschickter Bursche. Ein *sehr* geschickter Bursche sogar. Mauern abreißen und Grundrisse zeichnen – wo haben Sie das alles gelernt?»

«In den letzten beiden Monaten waren Grundrisse und Seitenrisse und Anbauten und Architektenpläne gewissermaßen mein täglich Brot. Es wäre ziemlich trostlos, wenn das nicht irgendwie abgefärbt hätte ...»

Das Licht war rapide am Schwinden. Carrie sah auf die Uhr und meinte, es sei Zeit, nach Creagan zurückzukehren. Lucy musste den Tisch für das Weihnachtsdinner noch zu Ende decken, und Carrie wollte ihnen nach dem Ausflug ein herzhaftes Abendessen auftischen. «Gehen wir zum Mitternachts-gottesdienst, Elfrida?»

«Ich finde, ja. Oscar will zwar nicht mitkommen, aber ich gehe hin.»

«Ich auch. Und Lucy und Sam wollen auch mitkommen. Dann essen wir später, damit uns der Abend nicht so lang wird.»

«Wir könnten Karten spielen», sagte Oscar. «Ich habe im untersten Fach des Bücherregals ein Kartenspiel gefunden. Kann jemand Canasta?»

«Samba, meinen Sie?», fragte Sam. «Ich. Das war die große Mode, als ich in New York war.»

«Ich verstehe aber nichts davon», entschuldigte sich Lucy.

«Macht nichts», erklärte er, «wir beide spielen zusammen.»

Als sie schließlich die Überreste des Picknicks eingesammelt, ihre Mützen und Handschuhe gefunden und die Ordnung wiederhergestellt hatten, machte sich die erste Gruppe in Sams Wagen auf den Weg. Elfrida, Oscar und Horaz blieben zurück, um das Haus abzuschließen. Sie wollten später nachkommen, gingen aber mit hinaus, um den anderen nachzuwinken.

Obwohl es erst vier Uhr nachmittags war, hatte die bläuliche Dämmerung eingesetzt, und über ihnen am saphirfarbenen Himmel hing zart wie eine Wimper ein schmaler, zunehmender Mond. Die schneebedeckten Berge schimmerten im dämmrigen Licht. Die Ebbe leerte den Meeresarm und legte weite Strecken von Strand und Sandbänken frei. Dicht über der Wasserfläche zogen Brachvögel hin.

Der große Landrover verschwand mit leuchtenden Rücklichtern aus der Auffahrt. Oscar und Elfrida warteten am Tor, bis das Motorengeräusch nicht mehr zu hören war, und gingen dann ins Haus zurück.

«Ich möchte gar nicht wieder wegfahren», sagte Elfrida. «Ich möchte hier bleiben. Ich möchte, dass der heutige Tag niemals endet.»

«Dann bleiben wir noch ein Weilchen.»

«Wenn ich Tee hätte, würde ich uns eine Tasse Tee machen.»

«Wir bekommen eine, wenn wir zurück sind.»

Er sank ermüdet aufs Sofa, wo vorhin Sam Howard gesessen hatte, denn er war mit den jungen Leuten weiter gewandert, als er beabsichtigt hatte, und nun ganz erschöpft. Elfrida legte das letzte Stück Holz auf die Glut, setzte sich dann ihm gegenüber und streckte ihre frierenden Finger dem Feuer entgegen.

«Hier werden wir wohnen, nicht wahr, Oscar?»

«Wenn du Lust dazu hast.»

«Ich habe Lust dazu. Du auch?»

«Ja. Ich gebe zu, dass ich Vorbehalte hatte, aber jetzt, wo ich das Haus wieder gesehen habe und Sam uns all seine Ideen und Vorschläge entwickelt hat, finde ich, es ist genau das, was wir brauchen.»

«Wie aufregend das alles ist! Ein neuer Anfang. Architekten und Handwerker, und alles wird neu. Frischer Mörtel ist einer meiner Lieblingsgerüche. Und gleich danach kommt frische Farbe.»

«Möbel?»

«Wir behelfen uns vorläufig mit dem, was hier steht, sehen uns ein bisschen um und versuchen, ein paar hübsche Stücke auf Auktionen zu erwerben. Zuallererst kommt es darauf an, das Haus in einen bewohnbaren Zustand zu bringen. Warm und hell und luftig. Mit einem Aga und einer einladenden, gut funktionierenden Küche. Wärme ist das Wichtigste. Ich kann mir gar nicht vorstellen, wie Major Billicliffe hier so lange gelebt hat, ohne an Unterkühlung zu sterben.»

«Er war noch von der alten Schule. Eine dicke Tweedjacke und lange wollene Unterhosen und nur kein Tamtam wegen der Kälte.»

«So wirst du hoffentlich nie, Oscar. Ich bekäme Zustände, wenn du anfingst, lange wollene Unterhosen zu tragen.»

«Nein, nein, mit ein bisschen Glück wird es so weit nicht kommen.»

Die Schatten wurden immer länger. Die kahlen Bäume draußen vor dem Fenster tauchten in der Dunkelheit unter. Elfrida seufzte. «Ich glaube, wir müssen gehen. Ich darf Carrie nicht alles allein machen lassen ...»

Aber Oscar sagte: «Warte noch einen Moment. Ich möchte mit dir reden.»

«Worüber?»

«Über uns.»

«Aber ...» Sie war im Begriff zu sagen, wir haben doch den ganzen Tag über uns geredet, doch Oscar unterbrach sie.

«Hör mir zu. Hör mir einfach zu.» Und seine Stimme klang so ernst und entschlossen, dass sie aus dem Sessel aufstand und sich zu ihm auf das alte Sofa setzte, und er streckte die Hand aus und legte sie auf ihre. Sie erinnerte sich, dass er das schon einmal getan hatte, vor langer Zeit, als sie nach Glorias und Francescas Tod am Küchentisch in der *Grange* gesessen hatten.

«Ich höre», sagte sie.

«Dies wird ein neuer Anfang für uns. Ein gemeinsamer Anfang. Eine wirkliche Verpflichtung. Dies Haus zu renovieren, eine Menge Geld hineinzustecken und hier zu wohnen. Und außerdem wird Lucy auf absehbare Zeit bei uns bleiben. Meinst du nicht, dass wir ernsthaft an eine Heirat denken sollten? Mann und Frau werden? Ich weiß, es ist eine bloße Formalität, denn verheirateter als jetzt können wir ja eigentlich kaum sein. Aber es würde unserer Verbindung das offizielle Siegel geben ... nicht im moralischen Sinn, aber als Zeichen unseres Vertrauens in die Zukunft.»

Elfrida merkte, wie sich ihre Augen mit albernen Tränen füllten. «Ach, Oscar ...» Sie zog ihre Hand aus seiner und begann nach ihrem Taschentuch zu suchen. *Alte Leute*, hatte sie einmal zu ihm gesagt, *sehen abscheulich aus, wenn sie weinen.* «... das ist doch nicht nötig. Die beiden sind doch erst ein paar Monate tot. Wir haben erst so wenig Zeit zum Trauern und Nachdenken gehabt. Und du brauchst nicht auf mich Rücksicht zu nehmen ... denn ich bin nicht darauf angewiesen. Ich will gerne für den Rest meines Lebens bei dir bleiben, aber ich möchte nicht, dass du dich verpflichtest fühlst, mich zu heiraten ...»

«Das tue ich auch nicht. Ich liebe dich und schätze dich auch so, und es kümmert mich überhaupt nicht, was andere Leute über uns denken. Ich weiß schließlich, dass du mir geholfen hast, ein neues Leben zu beginnen, denn ich habe es dir zu verdanken, dass ich diese düstere, schmerzliche Zeit nicht nur ertragen und überstanden habe, sondern dass sie sogar Lichtblicke hatte. Ich glaube, du verbreitest überall Freude, Elfrida. Wir können das Leben nicht zurückdrehen. Für uns beide kann es nie wieder so sein, wie es einmal war, aber es kann anders werden, und du hast mir bewiesen, dass das neue Leben gut sein kann. Ich habe dir schon vor langer Zeit gesagt, dass du mich immer zum Lachen bringst. Aber du hast mich auch dazu gebracht, dich zu lieben. Jetzt kann ich mir ein Dasein ohne dich gar nicht mehr vorstellen. Bitte, heirate mich. Wenn meine Gelenke nicht so grässlich steif wären, würde ich einen Kniefall machen.»

«Das hätte gerade noch gefehlt.» Elfrida hatte endlich ihr Taschentuch gefunden und konnte sich die Nase putzen. «Ja, ich möchte dich von Herzen gern heiraten. Vielen Dank für den Antrag.» Sie steckte ihr Taschentuch weg, und er ergriff noch einmal ihre Hand.

«Also sind wir verlobt. Wollen wir die Neuigkeit bekannt machen oder sie für uns behalten?»

«Wir wollen sie für uns behalten. Und unser Geheimnis genießen. Vorläufig jedenfalls.»

«Einverstanden. Es gibt noch so viel anderes zu bedenken. Aber wenn Weihnachten vorbei ist, fahre ich mit dir nach Kingsferry und kaufe dir einen Diamantring, und dann verkünden wir der Welt unser Glück.»

«Ehrlich gesagt», gestand ihm Elfrida ein bisschen betreten, «liegt mir an Diamanten nicht viel.»

«Was soll ich dir dann kaufen?»

«Einen Aquamarin?»

Und Oscar lachte und küsste sie, und so hätten sie im Schein des verglimmenden Feuers den ganzen Abend dort verbringen können. Doch bald war auch das letzte Holzscheit heruntergebrannt, und mit dem Sonnenuntergang wurde es im Haus wieder kalt. Es war Zeit zu gehen. Die Luft draußen hatte sich schnell abgekühlt, es war wieder Winter. Von Norden her wehte ein Wind, der die unbelaubten Zweige der großen Buchen gegenüber dem Eingangstor erzittern ließ.

Mit den Händen tief in den Taschen sah Elfrida sich um. Der Mond kam herauf, der erste Stern schimmerte.

«Wir kommen wieder», sagte sie ins Blaue hinein.

«Natürlich.» Oscar schloss die Haustür ab, hakte sich bei ihr ein, und während Horaz ihnen vorauslief, gingen sie im tiefblauen Dämmerlicht den Kiesweg entlang.

Es ist beinahe acht Uhr abends, und ich habe noch so viel zu tun, aber erst muss ich alles aufschreiben, denn sonst vergesse ich es. Was ist nicht alles passiert! Das Schlimmste war, dass Mama gestern während Elfridas Party anrief, um zu sagen, sie hat Randall Fisher geheiratet. Ich glaube, das war das Schlimmste, was in meinem Leben je passiert ist, denn ich dachte immer nur, nun muss ich nach Amerika fliegen und dort leben und alle meine Freunde verlieren, weil ich sonst ganz allein bei Granny in London bleiben müsste. Ohne irgendwo dazuzugehören. Ich war todunglücklich und außer mir und fühlte mich richtig krank. Außerdem war ich richtig gemein zu Carrie, aber das ist nun alles ausgestanden.

Jedenfalls ist jetzt alles geklärt, und ich bleibe hier in Creagan, bei Elfrida und Oscar, vorläufig jedenfalls, und gehe in Creagan zur Schule. Rory hat allen erzählt, dass es das Beste wäre, und ich bin froh, dass wir Zeit hatten, miteinander zu reden, als er den Fernseher angeschlossen hat. Damit wusste er wenigstens genau, wie mir zumute war. Ich glaube, er ist wirklich mein bester Freund. Mitte Januar fliegt er nach Nepal und ist ungeheuer aufgeregt deswegen. Ich werde ihn vermissen, aber ich bin ja noch da, wenn er im August zurückkommt. Egal, was inzwischen passiert, ihn will ich auf jeden Fall wieder sehen, und dann bin ich auch schon fünfzehn. Fünfzehn klingt viel älter als vierzehn.

Also, als ich heute Morgen aufwachte, wusste ich gleich, dass alles gut werden würde, und mir ist ein Stein vom Herzen gefallen. Carrie hat Granny angerufen und ihr von unseren Plänen erzählt, und sie war einverstanden. Und später hat sie dann auch mit Mami in Florida telefoniert und ist ihr ein bisschen um den Bart gegangen und hat sie auch überredet. Eigentlich ging es erstaunlich schnell. Und dann habe ich mit Mami geredet und mir Mühe gegeben, nicht zu erleichtert zu klingen, damit sie nicht beleidigt war und womöglich ihre Meinung änderte.

Später kam Rory, und wir haben zusammen das Picknick eingepackt, und Sam hat uns nach Corrydale gefahren. Ich wollte schon lange hin und mir das Gut ansehen. Es war ein so schöner Tag, ohne Wolken oder Wind, und schon richtig warm. Oscars kleines, auf dem Gutsgelände verstecktes Haus ist süß, nicht weit von ein paar anderen Häusern entfernt und mit riesigen Bäumen und einem freien Blick aufs Wasser und die Berge gegenüber. Es war so still, nur Vogelgezwitscher und keine Verkehrsgeräusche oder anderer Lärm. Das Haus ist nicht sehr groß und ziemlich schäbig und entsetzlich kalt, aber Oscar hat das Kaminfeuer angemacht, das alles durchgewärmt hat. Es gibt nur zwei Schlafzimmer, und meins sieht noch ein bisschen düster aus, aber Elfrida sagt, es wird heller, wenn erst ein bisschen umgebaut worden ist. Sam hatte lauter tolle Ideen, und wenn alles fertig ist, sieht es bestimmt ganz toll aus. Das Haus hat einen Garten, ganz voll von Unkraut, und eine kleine Terrasse, auf der wir alle Picknick gemacht haben. Elfrida sagt, auf dem Bauernhof in der Nähe wohnen noch andere Kinder, die auch in Creagan zur Schule gehen. Vielleicht können sie mich, wenn die Schule anfängt, morgens im Auto mitnehmen.

Wir sind alle in Sams Wagen zurückgekommen und haben Rory am Pfarrhaus abgesetzt. Carrie hat eine riesige Tortilla zum Abendessen für uns gemacht, mit Kartoffeln und Lauch und Eiern und Schinken und allen möglichen Zutaten. Während sie dabei war, habe ich den Tisch für das Weihnachtsdinner fertig gedeckt, Kerzen in die Kerzenhalter gesteckt, Knallbonbons in die Nachtischschalen gelegt und Servietten gefaltet. Mitten auf dem Tisch steht eine Schale mit Stechpalmen, und es sieht alles sehr festlich aus, und wenn wir erst den Kamin anzünden, sieht es bestimmt aus wie auf einer Weihnachtskarte.

Heute Abend wollen wir Karten spielen, um uns die Zeit zu vertreiben, bis wir zum Mitternachtsgottesdienst gehen, außer Oscar, der will nicht mit.

Ich weiß nicht, wie lange es dauert, bis sie nach Corrydale ziehen können, weil dort noch so viele Bauarbeiten ausgeführt werden müssen. Ich würde gerne den Sommer dort verbringen, aber Carrie sagt, das müssen wir abwarten. Aber hier ist es auch schön. Und Sam wird als Untermieter bei uns wohnen, bis alles entschieden ist.

Ich kann gar nicht glauben, dass ich an einem Tag so traurig und verzweifelt und am nächsten so unbeschreiblich glücklich bin.

Wenn ich das nächste Mal etwas in mein Tagebuch schreibe, ist Weihnachten schon vorbei.

Elfrida versuchte ihr Blatt auseinander zu fächern und dabei zu entscheiden, welche Karte sie ausspielen sollte. Sie hatte keine Zweien und Dreien mehr und befand sich nun in der verzwickten Lage, kombinieren zu müssen, ob Carrie zwei gleiche Karten in der Hand hielt, und wenn ja, welche. Der Haufen mit den abgelegten Karten war unangenehm groß, das Spiel fast zu Ende, und wenn Carrie noch eine Karte aufnahm, dann wären Elfrida und Sam geschlagen.

«Nun mach schon, Elfrida», sagte Oscar, der langsam die Geduld verlor, «sei mutig und spiel aus, was du loswerden willst.»

Also nahm sie allen Mut zusammen, spielte die Herzacht aus und wartete gespannt, dass Carrie triumphierend lachen und ihre Karte aufdecken würde. Aber Carrie schüttelte nur bedauernd den Kopf, und Elfrida lehnte sich mit einem Seufzer der Erleichterung zurück.

«Meine Nerven sind dem nicht gewachsen. Wenn ich nicht in die Kirche ginge, würde ich mir jetzt einen anständigen Drink genehmigen.»

Inzwischen war es zehn nach elf, und sie waren beim letzten Spiel. Bisher hatten Sam und Elfrida gewonnen, aber die Spannung würde nicht nachlassen, bevor die letzten Karte umgedreht war. Elfrida hatte früher öfter Samba gespielt, als Jimbo noch lebte, und gelegentlich hatten sie sich mit ein paar Freunden abends die Zeit damit vertrieben. Aber sie hatte die Regeln vergessen und sich erst im Laufe des Spiels nach und nach an die alten Tricks und das geschickte Zusammenspiel mit ihrem Partner erinnert. Oscar und Sam waren alte Hasen beim Kartenspiel, aber Carrie und Lucy waren Anfänger. Carrie begriff schnell, und Lucy spielte mit Sam zusammen, der ihr freundlich und geduldig alles erklärte und ihr am Ende der ersten Runde erlaubte zu entscheiden, welche Karten sie ablegen wollten, ohne ärgerlich zu werden, als es die falschen waren.

Carrie nahm zwei Karten auf, ordnete sie in ihr Blatt ein und hatte einen Samba zusammen. Oscar grunzte befriedigt. Sie warf die Pikvier auf den Tisch. «Wenn Sie die aufnehmen, erwürge ich Sie mit bloßen Händen.»

«Kann ich leider nicht gebrauchen.»

«Es sind nur noch vier Karten übrig», sagte Lucy.

«Wenn die auch aufgenommen sind, ist das Spiel zu Ende», erklärte Sam ihr. «Nimm zwei auf, Lucy, und lass uns sehen, was wir in der Hand haben ...»

Vom Treppenaufgang läutete das Telefon.

«Das verdammte Telefon», knurrte Oscar. «Wer ruft uns denn um diese Zeit an!»

Elfrida erbot sich dranzugehen.

Aber Oscar hatte seine Karten schon auf den Tisch gelegt und stand auf. Er ging durchs Zimmer und schloss die Tür hinter sich. Elfrida hörte ihn sagen: «*Estate House.*»

Und dann herrschte Schweigen, während der Anrufer am anderen Ende der Leitung sprach, und anschließend hörte man nur eine kurze, gemurmelte Antwort. Einen Augenblick später war er wieder da, setzte sich an seinen Platz auf die Erkerbank und nahm seine Karten in die Hand.

Elfrida war neugierig. «Wer war das denn?»

«Niemand. Ein Versehen.»

«Du meinst, falsch verbunden?»

Oscar blickte stur auf seine Karten.

«Warum haben Sie denn abgenommen, wenn es falsch verbunden war?», fragte Sam, und Lucy lachte über den lahmen Witz, wobei sie den Kopf schief legte und nachdachte, was sie ausspielen sollte.

Schließlich gab es keine Karten zum Aufnehmen mehr, und keiner hatte gewonnen. Aber Sam zog den Block mit den Punkten zu sich heran, addierte die Zahlen und verkündete, er und Elfrida seien die Sieger und er hoffe, Oscar könne mit einem schönen Preis aufwarten.

«Ich werde nichts dergleichen tun», sagte Oscar würdig. «Ihr habt einfach Glück gehabt, mit Können hat das gar nichts zu tun.» Und damit legte er die Karten auf den Tisch, stand auf und sagte: «Ich gehe jetzt mit Horaz spazieren.»

Elfrida sah ihn einigermaßen verwundert an. Er ging oft vor dem Schlafengehen mit Horaz in den Garten, aber einen so späten Spaziergang hatte er noch nie gemacht.

«Spazieren? Wohin wollt ihr denn? Etwa an den Strand runter?»

«Ich weiß es nicht. Ich brauche einfach ein bisschen frische Luft und muss mir die Beine vertreten. Dann kann Horaz genauso gut mitkommen. Vielleicht bin ich noch nicht zurück, wenn ihr zur Kirche geht, lasst die Tür offen, ich bleibe auf, bis ihr wiederkommt. Viel Spaß. Und sing schön, Lucy.»

«Das werde ich tun», versprach sie ihm.

Er verließ sie und schloss die Tür hinter sich.

Elfrida saß mit verblüfftem Gesicht da. «Komisch. Man sollte glauben, er hätte heute genug Bewegung für eine ganze Woche gehabt.»

«Ach, lass ihn, Elfrida», sagte Carrie, sammelte die Karten ein und begann sie auf drei Packen zu stapeln, einen blauen, einen roten und einen geblümten. «Hilf mir, Lucy. Du kannst die geblümten sortieren. Ich finde, Kartenspielen macht richtig Spaß, und es kommt der Moment, wo man aufhört, Samba zu spielen, und mit Canasta anfängt. Die Abrechnung ist ein bisschen komplizierter. Das müssen Sie mir mal aufschreiben, Sam, sonst vergesse ich es wieder.»

«Mach ich.»

Die Karten waren nun sortiert, gestapelt und weggelegt. Elfrida ging im Zimmer herum, schüttelte die Kissen auf und sammelte die Zeitungen vom Fußboden. Das Feuer war heruntergebrannt, aber sie rührte nicht daran, sondern stand nur davor und starrte in die glimmende Asche.

«Wir sollten nicht zu lange warten, finde ich. Heute findet sich die gesamte Gemeinde ein, und ich würde ganz gern einen Sitzplatz haben.»

«Es kommt mir vor, als gingen wir ins Theater», sagte Lucy. «Ob es kalt ist in der Kirche? Soll ich meine rote Jacke anziehen?»

«Auf jeden Fall, und deine warmen Stiefel.»

Allein in ihrem Schlafzimmer, ging Elfrida mit dem Kamm durch ihr Haar, zog sich die Lippen nach und legte Duftwasser an. Dann nahm sie ihren Wintermantel vom Haken, zog ihn über und setzte ihre Mütze auf. Anschließend ließ sie sich auf dem Bett nieder, um ihre pelzgefütterten Stiefel anzuziehen. Geld für die Kollekte, ein Taschentuch, falls die Weihnachtslieder sie zu Tränen rührten, und ein Paar Handschuhe vervollständigten ihre Ausrüstung.

Alles fertig. Nach einem ausführlichen Blick in den Spiegel war sie ausgehbereit. Elfrida Phipps, baldige Mrs. Oscar Blundell. Sie fand sich todschick. *Lieber Gott, ich bin auf dem Weg, und vielen Dank.*

Sie verließ das Zimmer und ging in die Küche hinunter, um nachzusehen, ob alles für den nächsten Morgen vorbereitet war und sie nicht womöglich das Gas angelassen oder das Wasser im Kessel hatte verkochen lassen, was ihr leicht passierte. In der Küche fand sie Horaz in seinem Korb.

«Horaz, ich dachte, du wärst mit Oscar spazieren gegangen?»

Horaz blinzelte sie an und wedelte mit dem Schwanz.

«Hat er dich nicht mitgenommen?»

Horaz schloss die Augen.

«Wo ist er hin?»

Horaz hüllte sich in Schweigen.

Sie ging noch einmal nach oben ins Wohnzimmer. «Oscar?» Aber das Wohnzimmer war dunkel und leer, und alle Lampen waren ausgeknipst. Kein Oscar weit und breit.

Auf dem Treppenabsatz fand sie Sam, der gerade seinen eleganten marineblauen Mantel überzog. «Oscar ist verschwunden.»

«Er geht mit Horaz spazieren», erinnerte Sam sie.

«Nein, Horaz liegt in der Küche. In seinem Korb. Da ist etwas im Busch.»

Sam grinste. «Oscar hat sich vermutlich in den Pub verdrückt.»

«Da kennen Sie Oscar schlecht!»

«Machen Sie sich keine Sorgen. Er ist ja kein Kind mehr.»

«Ich mache mir auch keine Sorgen.» Was der Wahrheit entsprach. Sie fragte sich nur, wohin um alles in der Welt er gegangen sein mochte.

Lucy kam aus ihrer Dachkammer die Treppe heruntergelaufen. «Ich bin so weit, Elfrida. Brauchen wir Geld für die Kollekte?»

«Ja. Hast du Kleingeld?»

«Fünfzig Pence. Genügt das?»

«Dicke. Wo ist Carrie?»

«Die ist noch nicht fertig.»

«Also, Lucy, wir gehen schon mal vor und halten Plätze warm. Eine Bank für vier ... Sam, warten Sie auf Carrie und kommen mit ihr nach?»

Elfrida und Lucy liefen die Treppe hinunter, und Sam hörte vom Treppenabsatz, wie die große Haustür hinter ihnen ins Schloss fiel.

Er stand in dem fast verlassenen Haus auf der Treppe und wartete auf Carrie. Hinter ihrer geschlossenen Schlafzimmertür waren leise Geräusche zu hören, Schubladen wurden geöffnet, eine Schranktür geschlossen. Doch er verspürte keinerlei Ungeduld. Er hatte im Laufe seines Lebens auf unzählige Frauen gewartet, an der Bar, in Theaterfoyers, an den Tischen kleiner italienischer Restaurants. Auf Deborah, die nie pünktlich sein konnte, hatte er öfter gewartet, als er sich erinnern konnte. Und so wartete er in dem Haus, das ihm eines Tages gehören würde, auch in aller Geduld auf Carrie.

Sie bemerkte ihn erst, als sie aus dem Zimmer getreten war und die Tür hinter sich zuschlug. Ein bisschen beschämt sah sie ihn an. «O Sam. Warten Sie auf mich? Das tut mir leid.

Ich konnte meinen Seidenschal nicht finden.» Sie trug ihren Lodenmantel, ihre Pelzkappe, ihre knielangen, glänzenden Stiefel. Den verloren gegangenen Schal in changierendem Rosa und Blau hatte sie locker um ihren schlanken Hals geschlungen, und obwohl ihm all diese Accessoires inzwischen lieb und vertraut waren, war sie ihm noch nie so schön vorgekommen. «Wo sind denn die andern? Sind die schon vorgegangen ...?»

Er sagte: «Ja», legte ihr beide Hände auf die Schultern, zog sie zu sich heran und küsste sie. Schon seit dem ersten Abend, als sie ihm die Tür geöffnet hatte und er im fallenden Schnee vor ihr stand, hatte er sich danach gesehnt, sie zu küssen. Nun holten sie das Versäumte nach. Als sie sich schließlich trennten, sah er, dass sie lächelte. Ihre dunklen Augen hatten noch nie so geleuchtet.

«Fröhliche Weihnachten», sagte er.

«Fröhliche Weihnachten, Sam. Es wird Zeit.»

Elfrida und Lucy überquerten die Straße. Der erleuchtete Marktplatz war schon von ankommenden Autos und Fußgängern belebt, die auf die Kirche zuströmten. Es würde zweifellos eine riesige Gemeinde werden. Überall hörte man Stimmen, die Leute waren aus dem ganzen Umland gekommen, begrüßten sich und gingen einträchtig miteinander weiter.

«Elfrida!»

Sie blieben stehen und sahen Tabitha, Rory und Clodagh hinter sich, die den steilen Fußweg am Hang entlang genommen hatten. «Hallo! Ich dachte, wir wären früh dran, aber das scheint nicht der Fall. Ich habe noch nie so viele Menschen gesehen ...»

«Ja, ist das nicht schön?» Tabitha trug einen Mantel aus kariertem Schottenstoff und einen roten Schal um den Hals. «Es ist jedes Jahr dasselbe. Die Leute kommen von weit her ... Nur ist dieses Jahr eine kleine Panne passiert. Alistair Heggie, der Organist, hat plötzlich die Grippe bekommen, deshalb müssen wir auf die Orgelmusik wohl verzichten.»

Elfrida war entsetzt. «Wollen Sie damit sagen, dass wir die Weihnachtslieder ohne Begleitung singen müssen? Das kann ich nicht ausstehen ...»

«Nicht ganz. Peter hat Bill Croft, den Fernsehfritzen, angerufen. Und der hat sich als Retter in der Not erwiesen und ein Kofferradio aufgestellt, und jetzt haben wir Musik vom Band. Es ist ein bisschen enttäuschend, aber besser als gar nichts.»

«Ach, was für eine arge Enttäuschung ... der arme Peter.»

«Da kann man nichts machen. Kommen Sie, wenn wir Glück haben, bekommen wir eine Kirchenbank ganz für uns.»

Sie traten durch das weit geöffnete Tor und gingen den Pfad entlang, der über eine breite Steintreppe zu dem großen Doppelportal führte. Beide Flügel standen heute Abend weit offen. Aus dem Inneren der Kirche strömte Licht auf das Kopfsteinpflaster, und Elfrida konnte die aufgenommene Musik durch den Kirchenraum schallen hören. Ein Chor, der Weihnachtslieder sang.

O du fröhliche, o du selige
gnadenbringende Weihnachtszeit.

Es klang ein bisschen mechanisch und blechern, wie ein tragbarer Plattenspieler bei einem Picknick im Freien. Irgendwie kümmerlich und dem feierlichen Anlass eigentlich nicht angemessen.

Christ ist geboren ...

Schweigen. Entweder das Kofferradio war kaputtgegangen, oder irgendjemand hatte aus Versehen den Strom abgestellt.

«Ach, du lieber Gott», sagte Rory. «Nun gibt das Kofferradio auch noch den Geist auf.»

Und dann erklang die Musik. Gewaltiger Orgelklang erhob sich. Er erfüllte die Kirche mit mächtigen Akkorden, die durch die offenen Türen nach draußen drangen und in die Nacht hinaus schallten.

Elfrida erstarrte. Sie sah Tabitha an, aber Tabitha erwiderte ihren Blick mit großen, unschuldigen Augen. Einen Augenblick lang lauschten beide stumm. Dann sagte Elfrida: «Hat Peter Oscar angerufen? Ungefähr um viertel nach elf?»

Tabitha zuckte die Achseln. «Keine Ahnung. Also los, Kinder, kommt, damit wir noch einen Sitzplatz ergattern.»

Mit diesen Worten wandte sie sich ab, eilte mit Lucy und ihren beiden Kindern voraus und verschwand im Innern der Kirche.

Einen Augenblick später folgte auch Elfrida. Am Eingang erwartete sie ein freundlicher Herr mit Bart. «Guten Abend, Mrs. Phipps», sagte er und reichte ihr ein Gesangbuch. Mechanisch nahm sie es entgegen, aber ohne ihn dabei anzusehen oder ihm ein Wort des Dankes zu gönnen. Sie betrat die Kirche und sah, dass sie schon fast bis auf den letzten Platz gefüllt war. Es herrschte noch Unruhe in der Gemeinde, man redete mit den Nachbarn oder mit Bekannten, die in der Bank hinter einem saßen. Die Musik erscholl durch den ganzen Raum, füllte ihn bis hoch hinauf zur aufwärts strebenden Decke und hallte durch das lange Kirchenschiff. Langsam ging Elfrida den mit rotblauen Fliesen ausgelegten Mittelgang hinunter direkt auf die Musik zu, die sie wie das Rauschen einer mächtigen Brandung umfing.

Eine Hand berührte ihren Arm. Sie blieb stehen. «Elfrida. Hier.» Es war Lucy. «Wir haben Plätze für Carrie, Sam und dich freigehalten.»

Doch sie achtete nicht darauf, sondern blieb ganz still stehen.

In der Vierung, zwischen Kanzel und Pult, stand der über und über geschmückte, von Lichtern blinkende Weihnachtsbaum. Dahinter strebten an der Nordwand der Kirche die Orgelpfeifen in die Höhe. Der Organistensitz war von einer Balustrade aus Eichenholz umgeben, sodass der Organist für die im Kirchenschiff sitzende Gemeinde unsichtbar war. Aber Elfrida stand. Und sie war groß. Ein Scheinwerfer beleuchtete ihn von oben, und sie konnte seinen Kopf und sein Profil und das dichte weiße Haar, das sein selbstvergessenes, überschwängliches Spiel durcheinander gebracht hatte, deutlich erkennen.

Beethoven. An die Freude.

Und Oscar Blundell spielte mit Leidenschaft. Versöhnt. Heimgekehrt. Wohin er gehörte.